마니아 씨,
즐겁습니까?

마니아 씨,
즐겁습니까?

초판 1쇄 인쇄 _ 2014년 1월 30일
초판 1쇄 발행 _ 2014년 2월 5일

지은이 _ 김대영, 김민식, 김혁, 김형언, 손원경, 황재호

펴낸곳 _ 바이북스
펴낸이 _ 윤옥초
책임편집 _ 문아람
편집팀 _ 도은숙, 김태윤
책임디자인 _ 방유선
디자인팀 _ 이민영, 김미란, 이정은

ISBN _ 978-89-92467-80-3 03810

등록 _ 2005. 7. 12 | 제 313-2005-000148호

서울시 마포구 양화로 78 서교빌딩 703호
편집 02)333-0812 | 마케팅 02)333-9077 | 팩스 02)333-9960
이메일 postmaster@bybooks.co.kr
홈페이지 www.bybooks.co.kr

책값은 뒤표지에 있습니다.

책으로 아름다운 세상을 만드는 ― 바이북스

은밀한 취미를 문화로 만든 여섯 남자

마니아 씨,
즐겁습니까?

김대영 김민식 김혁 김형언 손원경 황재호

바이북스
ByBooks

차례

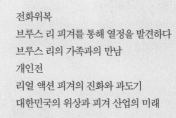

자,
지금부터
덕질을
시작하지

황재호

어릴 때 일본에 거주하면서 게임에 푹 빠졌고 그 기세
로 게임 회사에 흘러 들어가 6년을 근무했다. 게임 회
사의 미국 지사에서 일하며 '아, 덕심은 만국 공통어구
나'라는 깨달음을 얻고 한국에 돌아와 게임 회사 시절
동료들을 모아 키덜트/마니아 모바일 SNS '지빗'을
개발하게 된다. 스마트폰을 통해 누구나 손쉽게 취미
정보에 접근할 수 있는 세상을 꿈꾸며 매일매일 프라
모델, 피겨 지름신과 피 말리는 혈투를 벌이고 있다.

자, 지금부터 덕질을 시작하지

시작에 앞서 인터넷에서 한때 유행했던 다음 도표(10쪽)를 보도록 하자.

누군가 재미 삼아 만든 것이긴 하지만 지금 이 책을 보는 독자의 취미, 혹은 앞으로 가질까 했던 취미는 안타깝게도 간지와 품위 모두 최하위권을 차지하고 있다. 사실 굳이 이런 김새는 도표로 이야기를 시작하지 않아도 다들 대충은 알고 있는 부분이리라 생각한다. 그럼 거꾸로 이렇게 생각해보자. 멋진 차가 있으면 이성에게 인기가 많으리라는 생각 때문에라도 사람들 대부분은 한 번쯤 좋은 차를 타고 싶어 한다. 페라리를 살 돈이 있다는 전제하에 굳이 티코나 모닝을 찾아 타는 사람은 별로 없을 것이다.

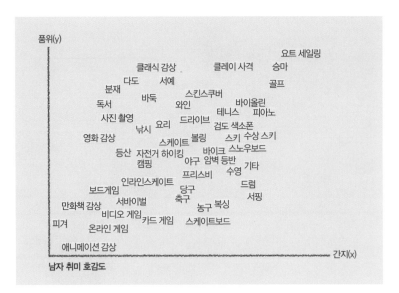

品위(y)

요트 세일링

클래식 감상   클레이 사격   승마

다도   서예   골프

분재

스킨스쿠버

독서   바둑   와인   바이올린

사진 촬영   테니스   피아노

낚시   요리   드라이브   검도   색소폰

영화 감상   스케이트   볼링   스키 수상 스키

등산   자전거 하이킹   바이크 스노우보드

캠핑   야구   암벽 등반   기타

프리스비   수영

인라인스케이트   드럼

보드게임   당구   서핑

만화책 감상   서바이벌   축구   농구 복싱

비디오 게임

피겨   카드 게임   스케이트보드

온라인 게임

애니메이션 감상

간지(x)

남자 취미 호감도

　　그럼 왜 우리는 뻔히 알면서도 사회적으로 '폼 안 나는' 피겨나 프라모델 같은 취미에 그렇게 열광하는 것일까? 그것은 오히려 이런 취미가 거부할 수 없는 매력을 갖는다는 사실을 의미하지는 않을까?

　　영국 케임브리지 대학교의 연구에 따르면 남자아이는 여자아이에 비하여 움직이는 것에 더 많은 관심을 보이며, 사람의 움직임보다는 기계의 움직임에 좀 더 관심이 많다고 한다. 또 남자아이의 경우 조립에 더 능한데, 이는 여자아이는 섬세한 활동에 강한 반면 남자아이는 복잡하고 체계적인 활동을 더 빠르게 이해하기 때문이라고 한다.

　　물론 여기서 생물학적 논증을 하려는 것은 아니나 이렇게 선천적으로 조립하고 움직이는 것을 좋아하는 우리네 남자들이기에 어릴 적 그렇게나 프라모델을 조립하고 부모님 께 레고를 사달라고 졸랐던 것은 아닐까. 여기에 사회 문화 발달적 합리화를 좀 더 해보면 농경이 이뤄지지 않던 원시 시절, 남자는 한 치 앞을 내다보지 못하는 상황 속에서 수렵 을 하며 생계를 꾸려야 했기 때문에 물건을 소유하고 수집 하려는 욕구 역시 강하다는 얘기도 있다.

자, 당신이 나와 같은 30대 정도의 남자라고 가정하고 우 리 어린 시절을 좀 더 자세히 들여다보자. 단순히 공장에서 도안을 찍어낸 종이에 불과한 '수리수리 스티커' 혹은 '따 조'에 용돈을 엄청나게 쏟아붓고, 꼬깃꼬깃 모은 돈으로 '보 물섬' 프라모델을 사고, '미니카(미니사구)'를 더 빠르게 만 들기 위해 모터와 섀시를 개조했던 경험, 어느 정도는 갖고 있을 것이다. 그땐 그렇게 재밌었던 것들이 안타깝게도 이 제는 더 이상 보이지 않는다. 대부분의 사람은 매일매일 키 보드를 두드리고 기계적으로 극장에 개봉작을 보러 가는 생 활만 반복하고 있다. 개인적으로는 너무나도 안타깝게 생각한다. 그때 재밌었던 것이 정말 지금은 재미없을까? 혹은 단순히 어려서, 뭘 몰라서 재미있다고 생각했던 것일까?

어릴 때 '테트리스'나 '뿌요뿌요' 같은 게임을 했던 사람 들이 '애니팡'을 하면서 그때의 열정을 불태우고, 더 이상 직접 하지는 않더라도 야구나 축구에 엄청난 에너지를 쏟 는 모습을 보면서 난 언젠가 다시 장난감을 사고 조립하고 수집하는 것도 매우 '쿨한' 취미가 되리라고 믿는다. 지금은 저 도표에 나온 선입관 때문에 애써 눈길을 주지 않는 것일 뿐, 분명히 바뀌어가리라.

본격적으로 이야기를 시작하기에 앞서 '키덜트kidult, kid+adult'라는 단어에 대해 생각해보자. 키덜트라는 말을 싫어하는 마니아가 많다. '애들이나 하는 것을 갖고 노는 어른'이라는 느낌을 받기 때문인데, 과민 반응을 하는 부분도 있지만 어느 정도 수긍이 된다. 건담 프라모델만 봐도 상위 등급은 15세 이상이다. 어린이가 할 만한 수준이 아니라는 얘기다. 하지만 진짜 문제는 이 단어 말고는 서브컬처subculture를 즐기는 사람들을 지칭할 말이 없다는 것이다. 서브컬처 애호가를 위한 SNS '지빗' 서비스를 기획하면서 이 명칭에 대해

> 사회의 전반적 문화와는 별도로 특정 집단에서 생겨나 발전하는 독특한 문화를 서브컬처 또는 하위문화라고 한다. 그 예로 청소년 문화, 대중문화가 있다.

많은 고민을 했다. 사실 건담 두세 개 갖고 있는 사람을 '마니아'라고 부르기는 그렇고, '오타쿠' 혹은 '오덕'은 일반인에게 부정적인 느낌이 너무 강하다. 영어 'geek'으로 통칭되는 서브컬처 애호가에 들어맞는 단어가 우리한테는 없는 것이다. 우리도 '하나에 광적으로 빠진 사람들' 혹은 '애들이나 즐기는 것을 하는 이상한 사람들'이 아닌, '개성 있는 문화를 즐길 줄 아는 멋진 사람들'이라는 뜻의 단어가 생기길 바라면서 이 글을 시작해본다. 그때까지는 키덜트라는 말을 좀 쓰더라도 마니아분들의 너그러운 양해 부탁드린다.

이 시대의 필수 과목, 키덜트

나는 초등학교 시절을 일본에서 보냈다. 급작스럽게 간 것이라 국제 학교에 배정되지 않아(정확히는 6개월 대기) 그냥 순도 99.9퍼센트의 일본인 학교를 들어가게 되었는데, 당시에 난 일본어라고는 '오이시(맛있어)' 하나밖에 모르던 상황이었다. 그들 입장에서는 후진국에서 온, 말도 못하는 내가 좋은 먹잇감이었던 것 같다. '마늘 냄새 나는 조센진/한국에 돌아가라'라는 친히 만든 노래와 함께 뺑 둘러싸여 놀림을 받는 건 일상이었고, 심지어 차별주의자였던 담임 선생에게 영문도 없이 맞기도 했다.

이때 처음으로 친구가 생기고, 할 이야기가 생기기 시작한 것은 바로 '덕질' 덕분이었다. 〈드래곤볼〉, 〈근육맨〉, 〈세인트 세이야〉 등 당대를 주름잡던 만화를 보면서 조금씩 일본어를 배워나갔고, 할 얘기도 생겼다. 아마도 더듬거리는 일본어였겠지만 그래도 전날 봤던 만화에 대해 얘기를 나누는 것이기 때문에 크게 무리가 없었을 것이다. 언어가 통해서라기보다는 같은 것을 즐기고 있다는 동질감이 그들과의 벽을 허무는 데 더 큰 도움이 됐으리라.

여기에 더해 부모님께서 친구도 없이 집에 혼자 있는 나에게 장난감 겸 사주신 닌텐도의 '패미콤'이 친구를 만드는 데 결정적 계기가 됐다. 1985년 당시 닌텐도의 패미콤이 전국적으로 유행이었는데, 게임기라 부모님들께서 선뜻 사주

일본에서 친구들과 생일 파티를 하는 모습. 덕질 덕분에 처음으로 친구가 생겼다. 가장 왼쪽이 나다.

지 않아서인지, 가격이 비싸서인지 모든 아이가 갖고 있는 상황은 아니었다. 게임기를 갖고 있는 친구들이라고 해도 최신 유행 팩을 다 구비할 수는 없었기 때문에 필연적으로 친구 집을 돌면서 여러 게임을 즐길 수밖에 없었다. 나는 같이 놀 친구도 없었을뿐더러 일본어 공부도 겸해 꽤 많은 팩을 갖게 됐는데, 그게 친구들 사이에 소문이 나서 우리 집으로 놀러 오는 아이들이 하나둘 생기기 시작했다. 게임이라는 게 굳이 대화를 나누지 않아도 상당한 유대감을 주기 때문에 같이 각종 게임을 하다 보니 앞서 고생했던 일들이 거짓말처럼 느껴질 정도로 빠르게 친구들이 생겨났다.

난 어린 나이였지만 알게 모르게 이런 콘텐츠의 힘을 인지했던 것 같다. 지금도 시부야 근처에 자리한 '어린이의 성'이라는 곳에는 수많은 놀이 시설과 함께 거의 모든 애니메이션을 갖춘 비디오 라이브러리가 있었는데, 주말마다 혼자 지하철을 타고 가서 당시에 유명했던 〈기동전사 건담〉, 〈데빌맨〉, 〈닥터 슬럼프〉 등의 애니메이션을 하나하나 섭렵해가며 일종의 '공부'를 했다. 지금 생각해보면 초등학생으로서는 대단한 열정이 아닐 수 없다. 어쨌든 그 덕분에 외국인임에도 '덕력'으로는 교내에서 둘째가라면 서러운 위치에 오를 수 있었고, 역시 이 덕분에 수많은 친구를 사귀었다.

그 이후에 한국에 와서도 멈추지 않고 게임과 만화를 즐기던 나는 결국 게임 회사인 '넥슨'에 들어가게 된다. 단지 게임이 좋아서 들어간 회사였는데, 몇 년을 근무하자 운 좋게(?) 미국 지사로 발령받을 일이 생겼다. 원래 재미있어 보이면 무조건 덤비고 보는 성격이라 제안받은 지 두 달 만에 별생각도, 준비도 없이 미국행 비행기에 몸을 실었다. 그런데 막상 와보니 언어 문제도 생각보다 컸고 문화적인 차이도 상당히 커서 불편함이 이만저만이 아니었다.

이 난관을 어떻게 극복하면 좋을까 생각하다가 일본에서처럼 애니메이션을 보기로 했다. 미국에는 '넷플릭스Netflix'라는 환상적인 서비스가 있는데, 매달 8달러만 내면 최신작을 제외한 대부분의 영화를 무제한으로 볼 수 있다. 아무래도 너무 미국적인 것들은 문화적인 요소 때문에 이해

애니메 엑스포

하기가 쉽지 않으리라 판단해 가장 빠르게 이해할 수 있는 일본 애니메이션의 더빙판을 매일매일 몇 편씩 보며 영어를 익혀갔다.

그렇게 덕질을 재개하던 차, 회사 동료의 소개로 LA에서 열리는 '애니메 엑스포'라는 애니메이션 팬들을 위한 행사에 가게 되었다. '덕 중의 덕은 양덕'이라는 말도 확인할 겸 미국까지 온 이상 한 번은 보고 가야겠다 싶어서 비

애니메 엑스포는 애니메라고 일컬어지는 일본 애니메이션을 중심으로 캐릭터 상품과 의류 업체까지 참여하는 북미 최대 축제다. 조금 더 미국적인 코믹스(신문 등에 실리는 네 장면 이상의 연속만화)를 중심으로 치러지는 '코믹콘'과 더불어 미국 양대 코믹스 관련 행사로 불린다. 이들 행사의 매회 방문자는 10~15만 명을 기록하며 지속적으로 증가 추세다.

싼 입장료에도 전시장을 찾았다. 역시나 행사장 앞에는 〈드래곤볼〉, 〈원피스〉 등 다양한 애니메이션의 캐릭터로 분장한 서양인들이 있었고, 행사장 안에도 애니메이션 관련 상품과 업체의 부스가 엄청났다. 한국의 '코믹월드'와 비교하면 압도적인 규모와 (좋은 의미의) 돈 냄새가 풍겼다. 용기를 내서 몇 명에게 말을 걸어보았는데 확실히 좋아하는 것이 비슷하다 보니 대화가 굉장히 수월했다. 그때 열심히 보던 〈블리치〉 복장을 한 사람에게 "와! 구로사키 이치고네! 진짜 멋있다" 같은 얘기를 하면 아주 즐거워했다. 사실 별 내용도 없는 "정말 재밌는 만화야", "그럼! 아는구나! 짱이지!" 수준의 대화였지만 국적도 다른 사람들끼리 같은 것을 즐긴다는 강한 교감이 생겨 '아 덕질하기 잘했구나'라는 묘한 뿌듯함도 느낄 수 있었다.

나는 오랜 시간 쌓아온 덕력 덕분에 일본에서도 미국에서도 꽤 쿨한 사람이 될 수 있었다. 아무도 날 이상한 취미를 갖고 있는 사람으로 보지 않았으며, 오히려 말은 좀 안 통해도 그들과 교감할 수 있는 '거리'를 갖고 있는 사람으로 쉽게 받아주었다. 의외로 요리라든지, 패션은 전 세계적인 주제가 아니다. 이러한 주제들은 각국마다 문화가 다른 탓에 좋아하는 스타일 또한 다르므로, 서로의 문화를 잘 이해하지 않으면 대화하기가 쉽지 않다. 이를테면 김치는 몸에 좋은 발효 식품이고 맛은 이렇고 모양은 저렇고 종류는 이러저러하다고 설명하는 것은 생각보다 어려운 반면, 애니메이션과 같은 문화 콘텐츠는 서로 알고만 있으면 말을 더듬거리면서도 굉장히 활발한 대화가 이루어질 수 있다. 양쪽 모두 특정 콘텐츠에 관심이 있다면 이미 친구 먹은 거나 다름없다고 봐도 된다.

난 지금 세대에는 반드시 이러한 키덜트 문화의 이해를 갖춰야 한다고 본다. 아무리 영어를 잘하더라도 〈미키 마우스〉와 〈스타워즈〉를 들어본 적이 없다면 여러분과 오래 대화할 미국인은 그리 많지 않을 것이다. 또 〈기동전사 건담〉과 〈슬램덩크〉도 모르는 채 일본 여행을 간다면 아무래도 즐길 거리가 반감할 것이다. 점점 더 해외의 문화를 자연스럽게 접하고 그들과 소통해야 하는 일이 많은 시대가 된 만큼 이런 문화를 잘 아는 것은 막강한 무기가 된다. 나는 분명히 말할 수 있다. "저는 〈다크 나이트〉를 재미있게 봤어요"가 아닌 "저는 코믹스로 《배트맨 허쉬》를 읽었고 아캄 어사일럼 게임을 해봤어요"로 외국인과 대화를 시작할 수 있다면 당신은 '십덕후'가 아니라 '대중문화에 대한 이해가 깊은 멋진 사람'이 될 것임을.

한국에서 키덜트 문화가 잘 안 크는 이유

운 좋게 서양과 동양의 활발한 키덜트 문화를 겪으면서 왜 우리나라에서는 이러한 문화가 활성화되지 못할까 하는 아쉬움과 의문이 생겼다. 무엇보다 이것을 하나의 '문화'로 보고 있는지부터 생각해봐야 할 것이다. 한쪽에서는 '이상한 사람들이 하는 것', 또 다른 한쪽에서는 '숨기면서 즐겨야 하는 것'으로 정의하는 등 키덜트 문화의 개념조차 확립되지 못한 사이 점점 대중과의 거리가 벌어지면서 문화로 승격하기 위한 토양이 만들어지지 못한 건 아닌지 생각해볼 필요가 있다.

아래의 내용은 지빗을 운영하면서 취재차 인터뷰한 것으로, 일본 아키하바라 중심에 있는 게임 회사 '윈즈'와 관련 주제로 이야기하며 깨닫게 된 점이 많아 여기에 써보도록 하겠다.

우선 일본의 경우는 《소년 점프》를 중심으로 세대를 아우르는 콘텐츠가 많이 생산되어 있다. 즉, 부모님도 《드래곤볼》을 봤고, 지금 아이들까지 즐기고 있다. 많이 바뀌기는 했으나 건담 시리즈도 1979년 소위 '퍼스트 건담'부터 지금의

일본 윈즈 사무실은 대개 이런 분위기를 띤다.

'유니콘 건담'까지 여러 형태를 거듭하면서 계승되어왔다.
내가 제일 좋아하는 만화였던 《근육맨》도 무려 24년의 휴지
기를 거쳐 연재가 재개되었다. 품질에 대한 비판은 있지만
수많은 극장판과 실사판 역시 콘텐츠의 생명력을 늘려주는
역할을 해주고 있는 것이다.

    이것은 아시다시피 미국도 마찬가지다. 부모님 세대가
보던 〈배트맨〉을 나도 열심히 봤고, 이제 내 아이도 보게
될 것이다. 물론 산업 논리로 볼 때도 이렇게 폭넓은 세대
가 즐기게 만드는 것이 유리하겠지만, 단순한 재활용에 넘
어갈 대중이 아니지 않은가. 배트맨 시리즈는 지속적으로
시대에 맞게 개량하고 과감한 시도를 하면서 초창기 배불

뚝이 애덤 웨스트 시절부터 지금의 날렵하고 침울한 크리스천 베일까지 '배트맨'이라는 캐릭터를 유지해왔다. 개그성 짙은 완구 판매용 애니메이션이었던 〈트랜스포머〉가 진지한 실사 영화가 되기까지 수많은 세월과 각색, 발전이 이루어진 것이다.

그럼 우리는 이런 것이 있는가? 30대 중반인 내가 어릴 때 보았던 〈그랜다이져〉, 〈마징가 Z〉, 〈메칸더 V〉, 〈로보트 태권V〉, 〈태권동자 마루치 아라치〉는 온데간데없이 시야에서 사라졌다. 물론 대부분은 일본 것들이었기 때문에 재생산에 한계가 있었을지 모르겠지만, 최소한 한국 콘텐츠라도 살리려는 노력이 있었는지 의문이다. 건담처럼 개량과 시리즈를 거듭하며 발전해나갈 수 있었던 〈로보트 태권V〉도 숱한 리메이크 풍문만 있었을 뿐 판권 문제와 저작권 싸움에서 아무것도 진행된 바가 없다(끝없는 표절 논란도 일부 영향을 끼쳤을 것이나, 거꾸로 생각해보면 제대로 된 리메이크야말로 표절 혐의를 벗을 기회가 아닐까?). 그러다 보니 결국 이러한 콘텐츠는 추억으로 남아서 30~40대층이 옛 생각에 잠기기 위해 소비하는 콘텐츠가 되어버렸다. 시대에 맞게 발전되어 전 세대가 공감하는 《드래곤볼》 같은 콘텐츠가 전무한 것이다.

다시 일본 얘기로 돌아오면, 그쪽 국가 특성이기도 하겠지만 굉장히 '집요하다'. 〈세인트 세이야〉의 오리지널 버전 이후로 수많은 버전이 나왔으나 초기작만큼 성공을 얻지 못

하자 결국 오리지널 버전(12궁) 피겨를 작심하고 리메이크
하기 시작했다. 신작 피겨를 만들고 또 그것의 10주년 버전
등으로 계속 업그레이드해가는 것이다. 이는 건담도 마찬
가지인데, 무려 1979년 초기 건담의 신형 프라모델 키트*
가 2013년에 발매되었다. 두 번째
대규모 리뉴얼이다. 이 정도 집요
함을 갖기 때문에 '추억 팔이'조차

조립만 하면 바로 완성할 수 있도록 부품들
을 모아놓은 조립 용품 세트를 키트라고 한다.

대규모 산업이 되는 것이고, 그러면서 생명 연장 장치가 달
리는 것이다.

　《소년 점프》는《드래곤볼》과 같이 세대를 아우르는 작품
이 필요했고, 현재 그 바통을《원피스》에 넘기는 작업을 진
행 중이다. 물론 회사 차원에서는 매출 논리가 작용했겠지
만, 그 결과로 부모님과 아이가 같이 즐길 수 있는 작품들이

《드래곤볼》과 《원피스》의 공동 작업 만화와 피겨가 발매되기도 했다.

생기기 시작했다. 《드래곤볼》작가 도리야마 아키라의 개인 전에는 60대 할머니가 손녀와 같이 온다고 하며, 실제로 일 본에 가보면 손오공이 추억 팔이 캐릭터가 아닌 현역으로 활동하고 있다. 이러한 문화는 우리 키덜트를 '어린 시절의 향수에서 못 벗어나는' 또는 '애들 장난감을 좋아하는'과 같 은 수식어처럼 부정적인 의미가 아니라 지속적으로 흘러가 는 현재형 문화를 즐기는 사람으로 만들어준다. 그러면서 세대 간에 공감하는 부분이 생겨 아이들과의 교감을 조금 더 넓힐 수 있는 계기를 만들어주기도 한다.

만약 〈아기공룡 둘리〉가 지금까지 이야기를 이어나가고 극장판을 만들며, 리메이크되면서 어린이들에게도 사랑받 는 콘텐츠가 됐다면 어린 시절에 이를 즐겼던 사람들이 구 매력을 갖춘 뒤 피겨 등의 관련 상품을 지속적으로 소비했 을 것이며 그것이 산업 발전의 원동력이 되지 않았을까 생 각해본다. 지금 둘리를 추억하는 30대 직장인에게는 '사고 싶어도 살 아이템이 없는' 상황이다. 발품을 팔아 1980년대 의 물건을 구해봐야 나름의 맛이 있긴 하겠지만 요새 눈높 이에는 안 맞을 것이다. 한국 영화도 유독 시리즈물이 없다 (혹은 못 만들어서 묻혔다?). 나는 감히 하나의 문화가 생성되기까 지는 최소 10년의 집요한 개량이 필요하다고 생각한다.

우리는 너무 빨리 내려놓는다.

덕질 시작 해보기

먼저 말해두건대 나는 절대 괴수급 오타쿠가 아니다. 건담 시리즈 내용을 연대기별로 꿰고 있다든지, 〈에반게리온〉에 담긴 철학을 밤새 떠들 수 있다든지 또는 집의 벽 한 면이 모두 건담 프라모델이나 홍콩의 유명 제조사인 핫토이의 피겨로 가득 차 있는 정도는 아니라는 말이다. 다만 나는 이 문화를 좋아하고 관련된 사람들과 이야기하는 것이 정말 재미있고, 또 새로운 걸 배울 준비가 충분히 되어 있는 사람이다. 처음 원고 청탁을 받았을 때 한창 바쁜 시기였고, 같이 실리는 분들이 워낙 강한 포스를 지닌 분들이라 고사할까 하다가 사실 나 같은 사람도 참여해야 할 것 같아서 글을 쓰기로 결심했다. 정말 미친 듯이 빠지는 마니아뿐 아니라 이를 가볍게 문화로서 즐길 줄 아는 사람이 있어야 전체적인 시장이 건전해지고 규모가 커질 수 있기 때문이다.

내가 창업하고 기획했던 지빗이라는 모바일 SNS 역시 같은 맥락이다. 누구나 들고 있는 스마트폰이라는 도구로 멋진 아이템을 손쉽게 찍어서 SNS에 올리면 다른 사람들이 그 매력에 공감하거나, 새로 발견하는 장을 만들고 싶었다. 꼭 마니아가 아니더라도 평소 〈원피스〉를 재미있게 보았다면 캐릭터 피겨 한두 개 정도 책상에 올려놓거나 휴대 전화에 〈아이언맨〉 이어폰 캡을 꽂고 다니는 사람이 점차 늘어나야만 키덜트 산업도 만년 '뜨고 있다'는 말에서 벗어나 당한국 사람, 너무 빨리 내려놓는다 해.

당한 문화로 자리 잡을 수 있기 때문이다.

레고와 건담 프라모델의 매출이 지속적으로 상승하고 있다지만 다른 영역을 들여다보면 시대의 명작이라 불리는 게임 '그랜드 세프트 오토 5Grand Theft Auto V'의 목표 판매량이 게임의 한글화에도 불구하고 불과 5만 장(전 세계 판매량은 3,000만 장)이라든지, 〈드래곤볼〉의 18년 만의 후계작 〈드래곤볼Z: 신들의 전쟁〉의 국내 극장 관람객 수가 5만 명(일본은 300만 명)이 안 된다든지 하는 것을 보면 역시 우리나라 시장은 대중화보다는 소수의 마니아가 끌고 온 기색이 역력하다. 척박한 토양을 일궈주신 마니아분들의 노고를 이어받아 이제는 과감한 대중화가 필요한 시점이다.

왜 이런 비주류 문화가 굳이 대중화되어야 하냐고? 딱 잘라 말해 한국은 '놀 거리'가 심각하게 부족한 나라이기 때문이다. 노래방, 극장, 술집, PC방 외에는 선뜻 '놀이 문화'라는 게 떠오르지 않는 것이 현실이다. 그렇기 때문에 가장 손쉽게 접할 수 있는 온라인 게임에 많은 시간(돈)을 투자하게 되고 급기야는 나라에서 이걸 막겠다고 하는 사태까지 발생했다. 아무리 우리가 일과 공부를 즐기는 민족이라고 해도 인간인 이상 휴식 시간은 필요하다. 그런데 막상 나가보니 놀 거리가 부족하기 때문에 그렇게 술을 마시고 영화관을 찾는 것이다. 더욱이 요새는 아웃도어 활동이 유행이라서 너도나도 산에 간다. 주말에 산에 가고 영화관에 가는 게 문제가 아니라 그걸 안 하면 아무것도 할 게 없다는 것

이 문제다. 레고도 하고, RC도 굴려보고, 피겨 사러 용산도
가보고 하면서 우리 생활이 더 풍요로워지는 것이 아닐까?

　　자, 이제 충분히 얘기했으니
이제부터 덕질을 어떻게 하면 될
지 배워보도록 하자. 물론 이 책
을 읽을 정도면 이미 이러

한 문화에 취미가 있거나 상당한 관심을 두고 있을 가능성이 높다. 하지만 그렇더라도 우리는 여기서 그치지 않고 사명감으로 주변의 친구, 동료를 하나씩 끌어들여야 한다. 여러분이 한 명씩만 더

직접 조립하고 도색한 SD건담 시리즈

꾀었어도 4만 4,000명에 그친 〈드래곤볼Z: 신들의 전쟁〉 관람객 수의 앞자리가 바뀌었을 테니까.

먼저 많은 분이 "주변 사람들이 하는 것을 같이 해봐라"라고 하는데 개인적으로는 최선의 방법은 아니라고 생각한다. 주변에 레고를 즐기는 친구들이 있다고 해도 각각 다른 제품군에 관심이 있을 것이고, 각각 다른 레벨일 것이다. 게다가 나는 기계류가 좋아서 테크닉 계열에 맞는 사람인데도 친구들이 〈스타워즈〉의 피겨를 조립하면 그것부터 시작하기 쉽고, 그렇게 되면 흥미를 못 느낄 가능성도 커진다. 또는 주변에서 자주 보이는 경우로, 마니아가 초보자에게 설명할 때 마니아들의 용어로 이야기하는 바람에 엄청난 단절과 패닉이 발생해 "아, 그럼 전 나중에 할게요……"로 끝맺는 상황도 생기기 쉽다.

내 경험상, 그리고 주변 사람들을 보면 우선은 '콘텐츠 위주'의 컬렉팅부터 시작하는 것이 친근하고 좋다. 콘텐츠 위주라는 것은, 예를 들어 〈원피스〉 관련 상품들을 모으는 것이다. 베어브릭이나 소니엔젤®을 모으는 사람들은 '제품군 위주'의 수집가라고 보면 될 것이다. 제품군 위주로 모을 경우 완성했을 때의 만족도는 대단히 높으나, 우선 돈이 많이 들 수 있고 좋아하지 않는 것도 일부 구매할 각오를 해야 한다. 예를 들면 요새 나는 인물이나 병기를 2등신 체형으로 표현한 피겨인 SD건담을 하나씩 만들면서 모으고 있는데 질이 떨어지거나 마음에 안 드는 녀석들도 일단 살 수 밖에 없다. 뭐랄까, 나와의 약속이기 때문에? 아무튼 이런저런 자기 합리화로 결국 마음에 안 드는 것도 구

베어브릭은 사람 모습을 한 곰 피겨다. 다양한 디자인과 재질, 유명 작가와의 콜라보레이션 작업 등으로 마니아에게 큰 사랑을 받고 있다. 소니엔젤은 아이 모습을 한 피겨다. 귀여운 얼굴과 팔을 양옆으로 삐죽 내민 모습이 매력적이다. 두 제품 모두 무작위 뽑기 형식으로 판매된다.

매하고 마는데 이러한 컬렉팅을 초보자가 하기에는 상대
적으로 부담되는 것이 사실이다. 시리즈별로 열두 개가 발
매되는 베어브릭의 경우는 '시크릿'이라고 해서 0.5~1퍼센
트 사이의 확률로 출현하는 모델이 포함되어 있는데, 시리
즈를 완전히 갖추려면 이 녀석들이 빠질 수 없으므로 시크
릿이 나올 때까지 제품을 구입하든지 중고 장터를 뒤져야
한다. 물론 게임이나 뽑기를 하듯이 이 자체가 즐거운 과정
이 될 수도 있겠지만 '컬렉션의 완성'을 위해 어느 정도 원
치 않는 제품까지 손을 대야 한다는 점에서 초보자들은 부
담을 느낄 수 있다.

그러나 콘텐츠 위주로 모을 경우에는 조금 더 여유를 가
질 수 있다. 어차피 한 콘텐츠의 모든 상품을 빠짐없이 모으
는 것은 원천적으로 불가능하기 때문에 내가 할 수 있는 범
위에서만 제품을 수집하면 된다. 손에 닿을 듯 말 듯한 목표
가 원래 사람을 미치게 하는 법이니까. 물론 세계적으로 손
꼽히는 〈드래곤볼〉 관련 상품 수집가이자 블로거이신 테일
러 님http://blog.naver.com/goku2002처럼 〈드래곤볼〉 콘텐츠 하나
로도 입이 떡 벌어질 만한 수집 목록을 가질 수 있겠지만,
일반적으로는 콘텐츠 위주의 컬렉팅이 덕질에 조금 더 가볍
게 접근하는 방법이라고 생각한다.

우선 크게 부담 갖지 말고 팬시 숍에서 파는 미니 피겨
정도로 시작해보자. 누구나 알 만한 〈원피스〉나 〈배트맨〉,
〈스파이더맨〉 또는 〈은하철도 999〉 등의 피겨가 박스에 들

어 있는 모습을 본 적이 있을 것이다. 이런 제품들은 모으는 즐거움이 적당히 있고 가격도 크게 비싸지 않아서 처음 손대기에 적절하다. 또한 많은 경우 방영 시즌별로 시리즈화가 되어 있기 때문에 방대한 콘텐츠를 이해하고 있지 않더라도 적절한 부분만 끊어서 모을 수 있다는 장점도 있다.

나는 아내와 〈원피스〉 피겨를 조금씩 모으고 있고, 개인적으로 〈근육맨〉 피겨를 수집하고 있다. 〈원피스〉는 그야말로 가볍게 피겨 숍을 오가면서 마음에 드는 것을 집어 오는 수준인데, 애니메이션을 워낙 재미있게 보고 있기 때문에 일종의 기념품 같은 느낌을 준다. 이야기에 맞춰서 몇 개 구비해놓으면 그때 재미있게 본 기억도 나고 이야기도 더 오래 기억에 남는다.

〈근육맨〉 피겨는 조금 더 찾아다니면서 모으는 편이다. 워낙 좋아했던 시리즈인지라 대부분의 캐릭터를 알고 있어서 조금 더 애착이 있다. 어릴 적 평면 그림으로 보았던 만화가 입체적으로 세밀하게 만들어진 모습을 보면서 감탄하기도 하고, 추억에 잠기기도 한다. 그러면서 다시 만화를 찾아보고 기억 속에 흐려진 부분을 보완하면서 '아, 맞다. 그런 캐릭터도 있었지. 혹시 이 캐릭터 피겨는 나와 있으려나' 하며 또 인터넷을 뒤적거린다. 굳이 다시 할지는 모르겠지만 〈근육맨〉과 관련된 게임도 몇 개 수집하고 싶어진다. 어차 피 추억은 지나면 흐릿해지는 것이다. 이렇게 장난감의 힘 을 빌려서 기억을 생생하게 간직할 수 있다면 오히려 감사 한 것이 아닐까.

지금은 일에 치여서 신작 만화를 꼬박꼬박 챙겨 볼 수 없 는 여러분이라도 분명 추억 속의 만화는 있을 것이다. 요새 는 굳이 숍이 아니더라도 중고 물품을 판매하는 사이트에서 웬만한 것은 다 구할 수 있으니, 추억을 떠올릴 만한 피겨를 몇 개 구해서 책상에 올려두자. 분명히 한동안 흐뭇한 미소 를 짓고 있는 자신을 발견하게 될 것이다.

키덜트라는 말, 한 번 더 짚어보자

서두에 이야기한 것처럼 우리는 이러한 '덕스러운' 취미 생 활을 즐기는 사람들을 키덜트라고 부른다. 만약 여러분이 취미 생활을 즐기는 정도가 중급 이하라면 좋은 게 좋은 거 라고, 그냥 이 정도 용어로 적당히 받아들이는 게 속 편히 스 스로를 정의하는 방법이다. '자장면이 맞네', '오뎅 말고 어 묵이네' 하는 소모적 싸움을 할 필요는 없는 것이다. 그러나 실제로 어떻게 쓰이든지 간에 여러분은 이 용어가 지닌 편 견에 대해서는 인지할 필요가 있다.

키덜트에 대한 정확한 연령 정의는 없지만 대략 20대 중반 이후의 사람들을 지칭하는 것으로 보인다. 학생일 때에는 취미 생활의 다양성을 어느 정도 너그럽게 인정해주지만, 사회생활을 하면서부터는 정형화된 삶을 살면서도 어린 시절의 취향을 유지하면 '기인'으로 취급받기 때문이다. 그럼에도 불구하고 온라인 취업 사이트 사람인의 2008년 조사에 따르면 직장인의 29퍼센트가 자신을 키덜트라고 생각한다. 정말 3분의 1이나 자신을 키덜트라고 생각한다면 이는 누군가의 독특한 취향이라기보다 하나의 문화로 보는 게 맞지 않을까?

사실 키덜트라는 말은 일본에도 미국에도 없는 말이다. 일본은 '오타쿠' 또는 '마니아'라는 말을 쓰며, 미국은 'geek' 또는 'nerd'라는 용어를 쓴다. 또는 일본 문화를 좋아하는 계층을 일컬어 일본어 그대로 오타쿠라고 부른다.

이들 용어와 키덜트의 결정적인 차이점은 '나이'라는 개념이 들어 있지 않다는 것이다. 즉, 특별한 문화를 좋아하는 사람들에 대한 용어만 있을 뿐, 이것이 어린이가 좋아하는 것인지 아닌지에 대한 판단은 없다. 위에서도 몇 번 이야기했듯 사실 이들 대부분은 어린아이가 쉽게 살 수 없는 가격이거나 제작 과정이 복잡하다. '아셈하비' 같은 전문 매장의 주 고객층은 30~40대이며, 그중에는 아이 선물을 사러 오는 사람도 있겠지만 대부분은 자신의 취미 생활을 위해 매장을 방문한다. 베어브릭을 수집한다는 어린이 이야기는 아

사회에 나와서도

어린 시절의 취향을 그대로 유지하면

기인 취급을 받는데,

그럼에도 불구하고

직장인의 29퍼센트는

자신을 키덜트라고 생각한단 말이야?

직까지 들어본 적이 없다. **이런 서브컬처 문화 트렌드를 향유하는 사람을 '순수한 동심으로 장난감을 즐기는 어른'으로 치부해버리니 마니아와 일반인의 인식에 괴리가 생기는 것이다.** 물론 키덜트의 많은 부분이 어린 시절의 추억과 맞닿아 있는 것은 사실이다. 그러나 이것은 '내가 원래 좋아했던 것을 군이 어느 시점에 내려놓을 필요가 없어진 시대'가 되었기 때문에 간직하는 것이지, 어린아이같이 순수한 마음을 갖고 장난감을 즐긴다고 보는 시선은 틀려도 아주 틀렸다.

한번 둘러보시라. 키덜트가 즐기는 콘텐츠는 수백 피스가 들어가는 정교한 로봇, 가슴이 큰 여성 피겨, F1 차량을 모방한 레고지, 어린이가 순수하게 갖고 노는 또봇이나 뽀로로가 아니다. 완전히 다른 영역의 제품을 단순히 '인형 같으니까', '조립하니까' 어린아이의 그것과 동일하다고 보고, 키덜트를 동심의 세계에 빠지는 어른으로 묘사하는 것이 바로 오해의 출발이라고 본다.

일본에서 버블이 한창이던 시절에 오타쿠 문화가 확대되었듯이, 일부 언론에서는 키덜트 문화를 불경기가 지속되다 보니 좋았던 어린 시절을 그리는 심리라고 묘사한다. 하지만 키덜트 문화는 이러한 심리와도 거리가 있다. 덕질을 하려면 돈이 좀 있어야 한다. 쉽게 말해 내가 좋아하는 것에 쓸 수 있는 '총알'이 있고, 내가 좋아하는 것에 대해 사회적인 편견이 크지 않으며, 구하기 쉽다는 삼박자가 맞으면 그냥 '덕질'을 하는 것이다.

한국에서 키덜트 문화가 성장하는 이유는 어린 시절에 대한 향수라기보다 거꾸로 '먹고살 만하니까'가 더 맞는 이유라고 생각한다. 먹고살 만해서 재밌는 거리를 찾다 보니 그중 누군가는 웨이크보드를 배우기도 하고, 다른 누군가는 예전에 갖고 놀다가 어떤 이유로 관뒀던 프라모델을 다시 만들기도 하고, 또 다른 누군가는 직장인 밴드를 하기도 한다. 심각하게 놀이 문화가 없던 한국에서 놀이에 대한 사회적 편견이 조금씩 걷히고 먹고살 만해지니까 이런저런 취미 시장이 생기는 것이다. 그러므로 이러한 색다른 문화를 즐기는 여러분은 어린 시절의 향수에 빠져 사는 키덜트가 아니라 서브컬처 애호가로서의 오타쿠 또는 geek이다.

자, 그러나 위에서 말한 것처럼 우리는 키덜트라는 용어와도 타협할 줄 알아야 한다. 한국에 별다른 대체 용어가 없는 한 굳이 민감하게 반응하지는 말자. 오타쿠라는 말도 초기에 SF나 애니메이션 팬들이 서로를 부르던 용어에서 시작해 대책 없는 사회 부적응자까지 일컫는 말로 지위가 떨어졌다가 지금은 '서브컬처 팬의 총칭(일본 위키피디아)'으로 순화됐다. 그래도 최소한 '미소녀 피겨에 욕정을 품은 변태' 느낌은 주지 않는 키덜트라는 용어가 있기 때문에 언론에서도 다뤄주고 조금 더 다양한 사람이 관심을 갖는 것이 아니겠는가. 그리고 사실 우리도 이런 문화를 통해 과거의 즐거움을 회상하는 기회를 갖기도 하니까 말이다.

키덜트여, 당당해지자

공식적으로는 키덜트 시장이 5,000억 규모라고는 하지만 어딘가에서 1,000명 정도의 마니아가 매년 5억 원씩 쓰고 있는 게 아닐까 싶을 정도로, 이와 같은 이야기는 아직 우리 생활에서 피부로 와 닿지 않는 게 사실이다. 하지만 키덜트 장난감 매장인 킨키로봇이 갤러리아 백화점에 들어서고, 용산 아이파크몰 한 층이 전부 키덜트 관련 매장이 되는 등 비교적 일반적인 쇼핑 공간에 이러한 매장이 생기는 것은 시사하는 바가 크다. 최소한 '돈이 된다'와 '혐오스럽지는 않다'는 정도로도 나는 큰 변화라고 본다.

처음에 지빗 서비스 기획안을 들고 투자자들을 찾아갔을 때, 대부분 서비스의 질이나 문제점에 대해 이야기하기보다는 "이게 시장이 있겠어요? 전 전혀 관심 없는 영역이라 모르겠네요"라는 등 주제에 대해 냉담한 반응을 보였다. 물론 대중적이지 않은 주제이다 보니 어느 정도 예상했지만 '한국에 이런 것 좋아하는 사람이 몇이나 있느냐'는 식의 태도는 그리 유쾌하지만은 않았다.

널리 대중화되기보다는 일부만 즐길 수 있는 문화로 유지되기를 희망하는 마니아도 종종 있지만 내 생각에는 어차피 키덜트 문화란 서브컬처로서의 태생적 한계를 가질 수밖에 없다. 〈아이언맨 3〉가 국내에서 900만 관객이 넘는 대히트를 기록했지만 전 국민이 집에 아이언맨 핫토이 피겨를 하나씩 놓는 시대는 오지 않을 것이다. 이러한 서브컬처 문화에 빠지는 사람들은 소유라든지, 개조라든지, 창작이라든지 하는 '오타쿠적 욕구'가 남들보다 강한 사람이다. 그렇기 때문에 우리는 전국에 숨어 있는 이런 특이 종자들이 편하게 자신의 덕심을 드러내고 즐길 수 있도록 많은 통로를 알릴 필요가 있다.

지빗을 서비스하며 가장 뿌듯한 순간은 한 유저가 올린 아이템을 다른 유저가 따라 구매하면서 즐거움을 새로 발견하는 모습을 볼 때다. 아마도 그 유저는 주변에 이러한 즐거움을 누리는 친구가 없었기 때문에 우리 서비스를 통해서 그 즐거움의 존재를 발견한 것이리라. 이런 즐거움을 시작하는 데에는 꼭 요란한 이론이나 비싼 장비가 필요한 것이 아니다. 앞서 제안한 것처럼 스스로 즐겼던 콘텐츠를 조금씩 모으거나 만들어보면서 추억에 빠지기도 하고 새로운 관점에서 바라보기도 하는 재미, 그것이 키덜트 혹은 덕질의 본질이다. 앞으로도 한동안은 소개팅에서 감점을 받고 부모님한테 핀잔도 듣겠지만, 좋아하는 것을 즐기는 것에 당당해지도록 하자. '내가 재밌어서 하는 게 뭐 어때서'라는 생각이 당연한 시대가 오면 여러분과 함께 재미있는 장난감을 사러 가줄 친구들이 많아질 테니 말이다.

장난감
인생

김혁

나이 50이 넘도록 장난감과 테마파크와 와인과 고양
이를 무지하게 좋아하는 우리나라 '아저씨'. 부산에서
태어나 동국대학교 연극영화학과에서 시나리오를 전
공했다. 중학교 때인가, 아니면 고등학교 때부터 모아
온 장난감이 4만여 점. 세계 70여 나라의 테마파크,
테마 박물관 등을 돌아다니며 깔깔대고 구시렁대고,
그 동네 장난감 물어 오기를 지금도 쉬지 않고 있다.
20년째 테마파크 기획과 컨설팅을 하고 있으며, 63
빌딩 밀랍 인형 박물관 63왁스뮤지엄 대표, 삼성전자
디지털 테마파크 기획 고문, 춘천 애니메이션영화제
프로그래머, 한국영화인협회 이사, 한국로봇산업협회
전문 위원 등을 역임했다.
장난감과 테마파크, 애니메이션과 뇌성 마비 고양이
이야기로 가득한 개인 블로그(http://blog.naver.
com/khegel)는 누적 방문객 1,000만 명을 넘었으
며, 현재 테마파크 전문 기획사 테마파크파라다이스(
주)의 대표 이사로 일하고 있다.

장난감 인생

날카로운 꽃잎 같았다고 하면 그분에 대한 예의가 아닐까? 대단한 미모라 할 수는 없었지만 단정하고 서글서글한 이마와 눈매, 남들은 싫다 해도 난 그리 나쁘지 않았던 니나리치인가 샤넬인가의 향수 냄새, 거기에 덧보태진 적당한 색조 화장. 그리고 그 예쁜 코언저리에 얹어놓은 기자로서의, 젊은 커리어 우먼으로서의 대단한 자부심이 한눈에 읽혔다.

"성인용 장난감, 아, 어른이 장난감을 모은다는 것이……아…… 어른을 위한 장난감이……."

1990년대 중반 언제쯤이었을까? 키덜트라는 말이 우리 사회에 처음 소개될 무렵, 아이와 어른을 섞어놓은 그 말이 그리도 재미있었는지, 새로운 개념의 합성어에 대한 미디어

적 호기심 덕분이었는지 우리나라에도 마흔 다 되어가는 어른이 장난감을 모으고 있다는 사실을 알게 된 신문과 잡지, 방송 쪽의 인터뷰 요청이 적지 않게 이어지고 있었다.

그날도 어떤 잡지의 문화부 기자라며 불쑥 찾아온 젊은 여기자는 포부도 당당하게 인터뷰를 시작했지만 첫 번째 질문부터 스텝이 꼬이고 있었다. 인사 외에 별다른 말도 하지 않고 있던 나는 그저 그분의 자가발전 당혹감에 사디스트적인 재미까지 느끼고 있었다.

개가 사람을 물면 기삿거리가 되지 않지만, 사람이 개를 물면 뉴스가 된다는 언론학의 첫머리 말마따나 어린애들, 코 찔찔 흘리는 아이들이나 가지고 놀아야 할 장난감을 어른이 모은다니, 그것도 몇십 년 동안 수천, 수만 점을 모

아왔다고 하니 뭔가 정상이 아닌 것이 분명하다. 아하~ 이게 바로 그 키덜트! 어른이 되기 싫은 어른이구나……. 그것도 아니라면 말로만 듣던 오타쿠? 그렇다면 당연하게도 도수 높은 뿔테 안경, 바보스러운 줄무늬 티셔츠와 멜빵 반바지에 무릎까지 올라오는 양말을 신고 자신을 맞이하리라는 예리한 분석을 하고 찾아왔는데, 배 나온 동네 아저씨 모양의 금테 안경 양복쟁이가 블루마운틴 향 커피잔을 내밀며 장난감 수집가라 하니, 자기가 보기에도 그저 멀쩡한 30대 후반의 사회적 인간이다 보니까 헛갈렸던 것이다. 그러한 자신의 추리와 추정의 결론으로 피터 팬 신드롬이 어떻고, 장난감이 전해주는 동심의 세계가 어떻고, 어른

이 되기 싫은 이유가 무엇이고 하는 질문들을 열심히 준비해왔는데 그런 이야기를 꺼내기 어렵게 하는 인터뷰이의 외형적 분위기에 적잖은 혼돈을 느끼고 있음이 찰나의 표정에서 드러났다.

"저는 멀쩡한 서른 몇의 남자 어른입니다. 담배는 피지 않지만, 친구들과 어울려 술 마시기 좋아하고, 결혼하고 애가 둘이어도 TV에 예쁜 아가씨들 나오면 슬그머니 눈이 돌아가기도 하는, 그런 속물 남자 어른입니다."

인터뷰 시나리오 단계부터 꼬이기 시작한 문화부 여기자의 눈빛이 그 꼬임만큼 뒤틀어지는 듯했다. 장난감은 '애들의 그 무엇'이라 굳건히 믿는 그이는 그 '애들 것'에 대해 물어보러 왔는데 전혀 아이스럽지 않은 상대방이 나왔고, 또 그를 위해 기껏 존칭한다며 내뱉은 말이 '성인용 장난감'. 성인이니까, 성인이 모으는 장난감은 성인용이라는 괴상한 논리에 따라 그리 말했던 것이다. 그러나 막상 성인용 장난감이란 단어를 뱉어놓고 나니, 뜻하는 게 그게 아니었구나 스스로 깨달으며 당황스러움을 이어갔다.

"성인용 장난감요? 아…… 그거 말씀이시죠? 저, 그것도 장난감의 한 종류라서 꽤 모아두고 있습니다. 보여드릴까요? 남성용, 여성용……."

내 장난기가 신 나게 이어졌다. 좀 더 솔직히 이야기한다면 장난기라기보다는 그이가, 어쩌면 우리 사회가 장난감을 바라보는 일상적 시각에 대한 내 노여움의 표현 내지는 방어라고 해야 했을까?

실제로는 가지고 있지도 않았던 성인용 장난감. 그이의 속
마음을 뜨끔하게 만들었던, 우리네 통념 속의 그것을 반복
적으로 말하며 찾아 꺼내려는 시늉까지 해 보이자 여기자의
당혹감은 더욱 커지는 듯했다.

인터뷰를 이어가며 장난감이 우리의 삶과 역사 속에 어
떤 위치를 차지하는지, 나는 그것을 어떻게 이해하고 왜 모
으는지를 설명하면서 오해를 풀었고, 주책맞은 농담을 사과
하기도 했지만 내 마음은 그리 편해지지가 않았다.

그즈음이었을까? 두 아이의 아버지가 된 이후로도 내
장난감 컬렉션 아니, 요즘 말로 한다면 장난감 지름신의 지
휘봉은 멈출 줄 몰랐다. 좀 더 정확하게 말하자면 아이들을
핑계로 더욱 장난감을 사고 주문하고 퍼 나르는 속도를 높
이는 중이었다. 중학교 때부터인가, 고등학교 때부터인가
그 출발점도 모호하게 시작되었던 장난감 모으기. 그저 오
다가다 신기하고 예쁜 것을 찜하는 정도가 아니
라 체계적으로 역사적으로 공부해
가며 그렇게 내 장난

감은 차곡차곡 버킷 리스트를 채워나가고 있었다.

　그러던 중 한 언론사 주최의 전시회에 내 장난감이 초청
되었고, 거기서 받은 약간의 사례금을 아내에게 안겨준 이
후 그것은 '어쩌면 돈이 될지도 모른다', '나중에 장난감 박
물관을 차려서 부자가 될지도 모른다'는 황당한 유혹의 증
거가 돼주어 장난감 모으기에 더욱 불을 붙이고 있었다.

　훗날 그 집착에 가까운 장난감 사 모으기는 차츰차츰
100년, 200년 된 골동품 장난감 수집으로 방향을 잡아나가
지만 무작정 장난감이라면 눈을 까뒤집던 그 시절, 한 장난
감 도매상에서 잊지 못할 사건을 경험하게 된다.

　용산역 앞 어디쯤이었던가? 요즘 식으로 한다면 소형 규

모 마트, 기업형 슈퍼마켓 정도의 규모를 자랑하던 장난감 도매점 하나. 한강 다리 건너 노량진에 살던 나는 주말이면, 일이 조금 일찍 끝난 평일 오후면 가게의 문지방이 닳아 없어질 정도로 그곳을 드나들고 있었다. 집안일에 바쁜 아내를 도와주는 것이라 큰소리치며 유치원 다니던 큰아이 손을 잡고 그곳으로 가서 가장 싼 듯 보이는 장난감을 하나 쥐어준 다음, 내 장난감을 고르는 것도 흔한 일상이었다.

지금은 수입과 관세가 자유롭고 그 양과 종류도 많아졌지만 당시만 해도 일본과 미국에서 만들어진 장난감이 그리 많이 소개되지 않았던 우리나라. 유달리 그런 선진(?) 장난감을 많이 구비해놓았던 그곳. 가끔 외국 출장길에 넋을 잃고 보던 초대형 장난감 가게의 구색을 갖춘 듯한 곳이었다. 종류도 많고 그곳에서만 오랫동안 장사했던 곳이라 간혹 단종된 장난감이 숨어 있어 보물을 찾아내는 듯한 기쁨을 주었으며, 가격도 도맷값이어서 한결 정이 가는 곳이었다.

타조가 도망치다가 머리만 모래 속에 파묻어 남을 못 보게 되면 남들도 자신을 보지 못할 것으로 생각한다고 했던가? 반복되는 방문이었지만 워낙 많은 손님이 찾는 그곳이라 나는 그저 군중 속의 한 명 정도로 여겨지리라 생각하고 있었다. 아니, 그렇게 바라고 있었다는 것이 정확한 표현이다. 그것은 당연하게도, 서른이 훌쩍 넘은 아이 아빠의 도를 넘은 장난감 구매가 결코 일반적인 시각으로 정상인처럼 보이지만은 않으리라는 내부의 장벽 때문에 더욱 그러했다.

비슷한 시기, 방송 작가로 활동하며 이런저런 취재 과정에서 만나게 되었던 한 섬유 전문가의 이야기. 스타킹 소재를 연구하고 있었는데, 그 샘플이 필요해 이곳저곳 속옷 가게를 돌아다니며 스타킹을 만지작대다 반변태로 몰린 이후 스스로의 연구에 회의가 들었다고 했던가? 검은색, 빨간색, 물방울무늬, 줄무늬, 두꺼운 것, 얇은 것, 팬티스타킹, 발목 스타킹 온갖 종류의 스타킹을 한 번에 수십 벌 구입하며 묻지도 않는 점원에게 "하하하…… 아내에게 선물하려고요"라며, 쿡쿡 새어 나오는 웃음을 애써 참는 점원과 여자 친구조차 없던 스스로에게 이중의 거짓말을 할 수밖에 없었던 상황을 들려주며 껄껄거리던 그이.

나 또한 장난감을 하염없이 좋아해서 그것을 구경하고 모으는 재미에 푹 빠져 살았지만 막상 그것을 반복적으로 구매한다는 행동이 남들에게 어떻게 보일까, 어떻게 비칠까, 사회적 일탈로 여겨지는 것은 아닐까 싶어 스스로의 행위를 평가 절하하고 업신여기기까지 하며, 적어도 그 공간 안에서 나는 그림자 아니, 투명인간이 되고 싶었던 것이다.

"하하하…… 애한테 선물하려고요……."

본의 아니게 단골 중 최우량 단골이 되어버렸던 나는 가끔씩 그 스타킹 가게의 스타킹 박사님처럼 구시렁구시렁 혼잣말을 했지만 '이 남자, 열여덟에 애를 낳지 않은 이상 아무리 잘 봐도 유치원생 꼬맹이 정도의 애를 둔 듯싶은데, 이렇게 난도 높은 장난감을 종류별로, 가격대별로 사나' 같은 생각을 할 것이라고 상상하며 스스로 얼굴 온도를 높이기도 했었다.

"사업자 등록증을 가지고 오세요. 그래야 세금 계산서를 끊어드리죠."

"네?"

몇 달을 그리 드나들었을까? 어느 정도 얼굴은 익혔다 해도 거의 대화를 나누지 않았던, 실은 일부러 대화를 꺼리며 눈이라도 마주칠까 고개를 숙인 채 장난감 더미 뒤에 숨기만 했던 내게 사장님처럼 보이던 나이 지긋한 이가 말을 걸어왔다. 세금 계산서? 그게 뭐지?

나중에 돼지갈비를 구우며 소주를 나누기도 했던 그분은 내가 동네 문방구 주인이 틀림없다고 생각했단다. 수집이라니? 우표도 아니고 옛날 동전도, 멋진 수석도 아닌 장난감을 수집한다니? 바지런히도 드나들며 자기네 가게 그득한 장난감을 저리 열심히, 종류별로 차곡차곡 사는 사람이 수집을 목적으로 그런다고? 팔거나 아이에게 줘서 가지고 놀게 하는 것도 아니고 그저 모으기 위해서 그랬던 것이라고?

그것은 문익점 이전의 고려 사람들에게 풀로 솜뭉치 만드는 방법을 설명하는 것, 우리나라 시골 할머니들에게 치즈를 녹여 빵을 찍어 먹는 퐁뒤의 맛과 그 먹는 방법을 설명하는 것만큼이나 이해시키기 어려운 일이었다.

그로부터 시간은 10년하고도 몇 년을 더 거슬러 올라간

장난감을 수집한다고?

팔거나

아이에게 줘서

가지고 놀게 하는 게 아니라

그저 모으는 거라고?

1983년 봄 언제쯤. 고향 부산을 떠나 영화 공부, 시나리오 공부를 한답시고 동국대학교 연극영화학과로 서울 유학을 왔던 나는 서울 생활 채 몇 달이 되지 않은, 여전히 사투리가 입가에 진하게 남아 있는 부산 '머스마'였다.

5월, 대학 축제라는 걸 처음 구경했을 때였던가? 전두환 정권에 대한 끊이지 않는 반대 시위로 최루탄 냄새가 가시지 않던 교정이었지만 축제랍시고 학교 잔디밭에서 펼쳐졌던 이른바 민속 주점에서 선배들의 손에 이끌려 막걸리를 몇 잔 마시고 정신을 못 차리고 있었는데, 지금은 한국 최고의 영화배우가 되어버린 같은 과 동기생 한석규가 예의 그 낭랑하고 친절한 목소리로 질문을 던졌다.

"너희 집에서는 지금 한창 바쁘겠다?"

"?"

"요즘 너희 집 한창 바쁠 텐데 안 가봐도 돼?"

다시 한 번 낭랑한 한석규. 그게 무슨 소리인가 싶었다. 동그랗게 눈을 뜨는 내게 석규는 신문 보고 방송 보니까 모내기가 한창이라던데, 가서 도와주지 않느냐고 친절하게 해석을 해주는 것이었다.

웃음이 나오지 않을 수 없었다. 나는 비록 부산에서 아니, 서울이 아닌 곳에서 태어났지만 그래서 진하디진한 사투리 억양을 가지고 있지만 중학교 기술 선생님의 둘째 아들로 부산 도심 한복판에서 나고 도회지에서만, 정말 도회지에서만 자랐다. 실제로 서울 사람들만큼 흙을 제대로 밟

아보지 못한 채 유년을 보냈다. 그런데 그 미래의 대영화배우는 경상도 사투리 쓰는 내가 저 시골, 경상도 어디 두메산골에서 논 팔아 소 팔아 서울로 학교를 왔으리라 짐작했고, 뉴스에서 본 것처럼 지금쯤 녀석의 고향에서는 모내기 행사로 부모님 허리가 펴지지 않을 텐데 수업 없는 축제랍시고 교정에 퍼질러 앉아 막걸리나 마시고 있는 이 동기생이 한심하고 불효막심한 아이로 보였던 것이다. 지금도 술 한 모금 마시지 않는 생활 모범생 석규 입장에서는 더더욱 그런 생각이 들었던 게 분명했다.

반우스갯소리로 집이 부산이라고 하면 대뜸 집에 배가 몇 척이냐, 한 끼도 빠뜨리지 않고 생선회를 먹느냐 묻는다더니, 인구 400만 명의 대도시 출신인 나로서는 그 질문 자체가 아귀 맞춤이 되지 않았다.

실제 무전여행이 유행하던 시절, 여름 방학을 맞아 전국 일주하는 길이라 밤늦게 부산 우리 집을 찾아왔던 대학 동기생 몇몇이 바다 냄새가 난다며 새벽 댓바람부터 수영복 차림으로 집을 나선 일도 있었다. 당시 우리 집은 해운대 해수욕장과 광안리 해수욕장의 중간쯤 되는 위치였다. 망미동이라는 행정 지명이 낯설어 그저 해운대에서 멀지 않고, 광안리는 코앞이라고 말했던 적이 있는데, 그걸 기억한 녀석들이 가볍게 아침 해수욕을 즐기겠다며 수영복 차림으로 집을 나섰던 것이다. 실제 바다와의 거리는 버스 정류장으로 열두어 개 정도? 스위스 국경 도시 베른에서 바로 저 너

머가 이탈리아 밀라노라고 손짓을 했더니 다음 날 아침, 식사 전에 가볍게 이탈리아 구경을 하고 오겠다며 해발 4,000미터의 알프스 산맥을 넘을 생각을 하는 일행을 보고 포복절도한 적이 있었는데, 그와 크게 다르지 않은 상황이 펼쳐졌던 것이다.

그 뜨거운 7월의 아침, 아직 방학을 맞이하지 않아 등교를 하던 버스 정류장의 중·고등학생 무리 사이로 수영복만 입은 맨몸의 서울 대학생 셋이 바다를 찾아 나섰다는 그 잔혹한 퍼포먼스! 길이 헛갈릴 때는 유창한(?) 서울말로, "안녕하세요? 광안리가 어느 쪽이에요?"라고 물으면 쭈뼛쭈뼛, 그렇지만 참으로 친절하게도 한쪽을, 저쪽이 광안리 방향이라 가리켜주더라는 것이다.

새벽까지 이어진 수다와 어쭙잖은 술판에 비몽사몽간을 헤매고 있던 차에, 수영복 차림으로 집을 나서는 친구들. 꿈인가 생시인가 몽롱해하는 내게도 녀석들은 바다가 어느 방향이냐 물었고 나는 그냥 쭉 가면 바다가 나온다고 이야기를 했던 듯도 싶었다.

아침 햇살에 등짝 화상을 입고 돌아온 녀석들에게 얼음찜질을 해주며, 녀석들이 "너희 집 광안리 코앞이라며! 고등학생 걔네들은 왜 광안리가 그렇게 먼 곳이라고 이야기를 안 해줬대?"라고 툴툴거리는 소리를 들으면서 얼마나 낄낄거렸던지 지금도 그 웃음소리가 귀청 안쪽에 걸려 있는 것만 같다.

다시, 걱정스러운 표정의 미래의 대스타 한석규와 마주한 학교 축제. 대충 상황 정리가 된 이후, 한참 동안 웃고 말았지만 그 친절한 동기생이 던져준 한마디는 갑자기 두고 온 내 고향 집의 '그리운 것'들을 순식간에 떠오르게 했다.

　중·고등학교 때부터 틈만 나면 장난감을 사 모으고, 또 그것을 잘 버리지 않아 당시의 기준으로도 옛날 장난감을 꽤 가지고 있던 나는 한 번도 그것을 수집이나 컬렉션의 대상으로 생각해본 적이 없었다. 그런 내가 서울 유학을 떠나던 날 그 아끼는 장난감들을 압수당하고 말았다. 두 명이 방을 써야 하는 하숙방 구조를 잘 알고 있었기에 아무 말도 하지 못하고 그저 옷가지, 이불 보따리만 챙겨야 했던 것이다. 그렇게 애지중지하던 장난감들을 압류당한 채 서울로 떠나던 날, 부산에는 드물게도 2월의 싸락눈이 풀풀거리고 있었다.

　다 버렸을 것이다, 다 없애버렸을 것이다. 그길로 나는 첫 대학 축제의 한복판을 뛰쳐나와 부산행 밤 기차를 탔던 것으로 기억한다. 충동적이라는 단어가 그렇게 잘 어울린 적은 없었다. 그저 나는 고향 집, 그리고 고향 집에 두고 온 내 장난감들이 갑자기, 내가 가진 그 어떤 것보다도 더 미친 듯이 보고 싶었던 것이다. 모범생 석규 입장에서야 '이 녀석, 이제야 정신 차리고 부모님 모내기 도와주러 가나' 생각했을지도 모를 일이지만 나는 장난감을 그리며 그렇게 서울역으로 달려갔다.

불을 끄지 않은 환한 기차 안. 다섯 시간 반의 부산행, 이런저런 잡담과 오징어, 찐 달걀 냄새가 스쳐 지나고, 첫새벽의 노곤함이 밀려오고, 아침의 얕은 파도처럼 자글자글 내 고향 부산 사투리가 쏟아지고, 마침내 부산역에 도착했다.

밤 기차를 타고 내려와 집으로 들이닥친 아침, 출근길의 아버지와 그런 아버지를 돕던 어머니는 난데없이 나타난 서

울 둘째 아들이 무슨 사고라도 치고 도망 왔나 하는 얼굴로 살펴보셨더랬다.

식구들이야 반갑든 안 반갑든 꾸벅 인사를 내던진 후 후다닥 내 방 방문을 열었다. 아…… 거기에는…… 어쩌면 그리도 꼼꼼하게 내 장난감들을 정돈해두셨을까……. 내 아버지, 내 어머니. 꼬랑지에 불붙은 생쥐처럼 제 방으로 톡 뛰어든 아들이 대체 왜 저러나 기웃거리시던 아버지는, 정리된 장난감을 감격스레 만지작대는 아들을 보고 다시 출근 채비를 하다 툭 한마디를 던지셨다.

"다 큰 놈이 장난감이 그게 다 뭐냐? 갖다 버려라!"

지금도 정리 습관이 부족한 정도를 넘어서, 늘어놓기로 따지면 세계 챔피언급인 나. 그런 덜렁거림과 어질러놓는 재주로 어떻게 그리 꼼꼼한 컬렉션을 계속해왔는지 이해가 안 된다는 아내의 비평이 없어도, 그때나 지금이나 늘어놓기는 내 주특기다. 이처럼 늘어놓고 안 치우기 대마왕인 내 소유의 장난감들이니 그 상태가 오죽했을까. 그렇게 헤쳐놓은 내 장난감들을 보시고는 늘 다 큰 놈이 장난감이 뭐 이리 많으냐, 갖다 버려라, 동네 고아원에 갖다 줘라 입버릇처럼 말씀하시던 그분들이 그래도 아들 거라며, 아들 녀석이 애지중지하던 거라며 차곡차곡 쌓고, 각 잡아서, 나름 종류대로 박스에 넣어서, 비록 이 짝 저 짝 짝을 맞추지 않아 웃음이 터져 나오게 만든 친구들도 있었지만 단지 아들 것이라는 이유만으로 족히 몇 날 며칠을 두고 정리해두셨던 것이다.

다 큰 놈이

장난감이 그게 다 뭐냐?

갖다 버려라!

지금도 그렇게 일목요연하게 정리된 장난감을 보던 순간을 떠올릴 때마다 그때 그렇게 내 장난감들이 생존하지 않았더라면 내 장난감 수집의 역사는 어떻게 시작될 수 있었을까 상상해보기도 한다.

솔직히, 장난감을 좋아한다고 주야장천 거기에만 매달려 있었던 것은 아니었다. 학교를 다니고, 군대를 다녀오고, 지금의 아내와 밀고 당기며 연애를 하고, 조국의 민주주의를 걱정하며 시위대 앞줄에 서보기도 하며 시간을 보내는 동안 장난감은 잠시 잊고 있었다.

이런 내 장난감 인생에 커다란 변화 아니, 인식의 혁신적 변화가 생긴 것은 EBS 교육방송과 새로이 개국한 SBS를 오가며 프리랜서 방송 작가로 활동하고 있던 1990년대 초반이었다. 정확하게는 1991년, EBS와 BBC, TVB, NHK가 공동으로 제작하는 글로벌 방송 다큐멘터리 제작을 위한 런던 출장길에서였다. 우리나라의 방송통신대학, 방송통신고등학교와 같은 세계 각국의 원격 교육 시스템을 소개하고 각 나라를 차례차례 돌며 비교 분석하는 내용이었는데, 오픈 유니버시티Open University라는 런던 외곽 밀턴케인스의 원격 교육 기관을 방문해 취재하는 것이 목적이었다.

그곳에서 나는 본격적인 학술과 사회 교육적 가치를 비슷한 비중으로 다루는 원격 교육의 특성상 개인적 취미

로 인식되는 여러 일상 활동이 학문의 영역으로 분석되는
모습을 목격할 수 있었다. 이를테면 어떠한 사물을 주제로
한 개인의 컬렉션을, 그저 시간 나고 경제적 여유를 가진 사
람들의 개인 활동으로 국한하지 않고 사회 기여도가 높은,
박물관 차원의 학술적 시각으로 보기도 했으며, 노년의 은
퇴자들이 그러한 수집 활동을 통해 정신과 육체적 건강을
유지한다는 차원에서 사회 복지 콘텐츠로도 이해하고 있는
것이었다. 뭔가를 수집하고, 내 나이에 어울리지 않는 것을 찾고
구입하는 행동을 부끄럽게까지 여기던 내 생각에 묘한 틈이 생기
는 순간이었다.

  그러던 중 개인적으로 허용된 자유 시간을 이용해 방문
한 포토벨로로드Portobello Road, 우리에게 〈노팅힐〉이란 영화
의 배경으로 잘 알려진 런던 노팅힐 역 인근 백수십 년 전통
의 벼룩시장 방문은 내 삶을 통틀어 가장 운명적인 그 무엇
중 하나가 되어주었다.

  수많은 사람, 수많은 물건, 유난히 전통과 옛날 것을 좋
아하며 가지고 있는 물건들을 잘 버리지 않는 영국인, 그중
에서도 가장 골동품을 사랑한다는 런던 사람들, 런더너Lon-
doner들 사이에서 떠밀려 다니듯 한참을 재미나게 구경하던
나는 한 골동품 가게 앞에서 발을 뗄 수가 없었다. 정확하게
말한다면, 우리 식의 반지하로 지어진 상가의 한 모퉁이 작
은 골동품 부스. 매주 토요일만 문을 여는 그곳에서 나는 낡
디낡은, 족히 100년은 되어 보이는 테디베어와 청동빛의 녹

이 스며든 양철 로봇, 빅토리아 여왕 시대의 목제 퍼즐과 목마를 발견했다. 아니, 발견하고야 말았다. 그때 느꼈던 감정은 지금까지 단 한 번도 경험하지 못한 충격과 감동이었다. 내 몸 안에 숨어 있던, 내 몸매만큼이나 뚱뚱한 뱀 한 마리가 갑자기 허물을 벗고 몸 밖으로 빠져나가는 것만 같았다.

'이런 것도 있구나! 이럴 수도 있구나⋯⋯.'

'이 덕지덕지 붙은 땟국물이⋯⋯ 아! 이 어마어마한 세월의 냄새가⋯⋯ 이 낡디낡은 장난감들이 사람의 혼을 이렇게 온전히 뺏을 수도 있구나⋯⋯.'

나들이 삼아 따라 나왔던 일행을 호텔로 돌려보낸 나는 그곳에서 반나절가량을 보내고 말았다. 그저 예쁘고 신기하고 재미난 기능에만 정신이 팔려 장난감을 퍼 날랐던 나는 완전히 다른 각도에서 장난감을 깨닫고 있었다. 그것은 용산역 앞 장난감 도매상에게 문방구 주인으로 오해받으며 장난감을 사던, 그저 신기하다 재미나다 싶어 도쿄 도심의 장난감 가게, 뉴욕 맨해튼의 토이저러스 진열장 앞에서 넋을 잃던 상황과는 완전히 다른 그 무엇이었다.

몇 시간째 그 장난감들을 조심조심 만져보고, 홀로 시시덕거리기도 하는 내게 가게 주인 할아버지는 물건을 사든지 말든지, 장난감을 가지고 놀든지 말든지 네 마음대로 하라는 듯 지긋한 웃음만 머금은 채 간간히 들어오는 다른 손님들만 상대하고 있었다.

결국 궁금증을 참지 못하고, 앞뒤 안 맞는 영어에 손짓

발짓을 섞어 겨우겨우 말을 붙인 나는 어떤 식으로든 그 장
난감들의 정체와 경로를 알고 싶어 질문을 이어갔다. 내가
얼마나 오랫동안 비행기를 타고 왔으며 얼마나 힘들게 여
기를 찾아왔는지 마치 일부러 찾아온 것인 양 너스레를 떨
고, 나는 한국에서 온 저널리스트인데 당신을 좀 취재하고
싶다는 허풍을 떨기도 했다. 그런 내게 노인은 옛날 장난감
좋아하는 사람을 항상 만나지만 당신 같은 사람은 처음 본
다며, 뭐가 그리 궁금한 게 많으냐며 저녁 식
사를 함께하면서 이야기를 하자고 제
안해왔다.

　그날 저녁, 노인장의 아
들이 운영하는 퍼브pub에
서 나는 참으로 많은 이
야기를 듣게 되었다. 이
상하다며, 영국 사람들
이 처음 보는 외국인에
게 식사를 함께하자는
경우는 거의 없다고

장난감만큼

인간의 삶에 녹아든 사물이

또 어디에 있는가.

그런 사물이

박물관으로 만들어지는 게

뭐가 이상한가.

말하는 통역사를 겨우겨우 설득해 함께한 식사 자리였다.

수송 경로를 맡은 덕에 한국 전쟁의 간접적 참전 경험까지 있다던 노인은 두 차례의 세계 대전 이후 전쟁고아들이 장난감을 통해 일시나마 그 영혼을 달래는 모습을 보고 장난감을 모았다며 이야기를 시작했다.

한 사람의 인생을 80년, 100년으로 봤을 때, 그 사람의 인성이 형성되는 초기의 10년, 15년간 가장 많이 만나는 사물이 무엇이겠는가? 그건 부모도, 식기도 아닌 바로 장난감이라는 것이 그분의 설명. 분명 틀린 말은 아니었다. 틀린 정도가 아니라 하나의 깨달음을 얻는 듯한 기분이었다. 그렇게 한 인간의 장래를 결정지어주는지도 모르는 요소로서의 장난감. 그는 그렇게 인생의 한 단면을 채집하듯 평생을 걸쳐 장난감을 수집해왔던 것이다.

나이 70이 넘도록 장난감 사랑에 빠져 지구를 몇 바퀴나 돌았다는 그의 친구, 학대받는 아이들이 입원한 병실을 찾으며 들고 갔던 테디베어가 맺어준 간호사와의 사랑 이야기, 양철 로봇 부품 하나를 구하기 위해 7년 동안 일본 컬렉터와 편지를 주고받았던 사연, 소더비 혹은 크리스티 같은 세계 유수의 경매장에서 수천만, 수억 원대에 거래되고 있는 골동품 장난감 이야기. 장난감을 좋아하는 사람들 중에는 악인이 없다는 지론을 펼치다 그는 내게 지나치듯 장난감 박물관 이야기까지 들려주었다.

장난감으로 박물관을 만든다고? 장난감과 박물관이라

고? 그 혼돈스러운 느낌의 장난감 박물관이란 것이 유럽에는 100군데가 넘는다고? 도무지 연결될 것 같지 않은 두 단어 사이에서 혼란스러워하는 나를 보며 노인은 오히려 의아한 듯 말을 이어갔다. 장난감만큼 인간의 삶에 녹아든 사물이 또 어디에 있느냐고, 그런 사물이 박물관으로 만들어지는 게 뭐가 이상하냐고…….

그게 시작이었다. 그게 내 출발이었다. 나는 내가 바로 장난감을 수집하고 있었으며, 그것이 컬렉션이라는 사실을 그 자리에서 깨달았다. 아하, 그게 수집이었고, 내가 장난감 수집을 하고 있었구나 인식하게 되었던 것이다. 어떤 식으로든 박물관을 한다 만다 결심을 하고, 생각을 움켜쥔 것은 아니었지만 묘한 긴장감과 소명감이 안으로부터 끓어오르는 것을 느낄 수 있었다. 물론, 노인이 들려주었던 그 아름다운 이야기, 명쾌한 논리를 가슴 한편에 새기고 말이다.

그로부터 몇 년이 흘렀을까? 다시 찾은 포토벨로 시장 노인의 가게는 주인이 바뀌어 있었다. 그를 쏙 빼닮은, 퍼브를 운영하던 그의 아들이 그 자리에 있었던 것이다. 난생처음 외국인의 묘지를 찾은 것은 그다음 날이었다. 낯선 묘지 앞에 장난감 대신 꽃을 놓으며 노인이 꿈꾸었을 세상이 무엇이었을까 생각해보기도 했었다.

그나마 많이 부끄럽지 않을 만큼 장난감을 가지게 된 지금. 인생이란 단어가, 되돌아본다는 것이 별로 낯설지 않게 썩 어울리는 지금 이 시간에도, 나는 어떻게 저 장난감들을 안아낼 것인가, 이제는 젖 냄새가 가셔 장난감을 사 모으는 핑계는커녕 나보다 키가 훌쩍 커버린 아이들의 어깨를 툭 툭 두드려주며 저 장난감들을 어떻게 할 것인가, 어떻게 더 완성해낼 것인가 아름다운 고민을 끊임없이 반복하고 있다.

수집
그리고
나를
말하다

손원경

동국대학교 연극영화학과 졸업, 홍익대학교 산업미술대학원 수료, 중앙대학교 예술대학원 졸업, 중앙대학교 대학원 경영학과 박사 과정을 밟고 있으며 영상학 과목으로 대학에 출강 중이다. 2011년 예술의전당에서 'The ToyShow'를 기획했으며, 개최한 개인전으로는 '편집적 해부(인사아트센터)', 'Artist's Toys (장흥아트파크)' 등이 있고 그룹전으로는 'Wonderful Pictures (일민미술관)' 등 다수가 있다. 상업 장편 영화 〈사물의 비밀〉 프로듀서를 맡아 했고 다큐멘터리 영화 연출을 하고 있다. 현재 장난감 박물관 '토이키노'의 대표다.

수집 그리고 나를 말하다

저는 컬렉터 손원경입니다. 제일 좋아하는 수집품은 장난감이며 그 밖에 영화와 애니메이션, 디자인과 관련된 모든 것을 수집하고 있습니다. 그리고 동화책과 사진집 등 제 취향의 책들을 수집하며, 오래된 예쁜 물건도 수집합니다. 사실, 저는 기타 여러 가지 장르의 물건을 갖은 핑계로 수집합니다. 하지만 저에게 가장 중요한 수집 품목은 장난감입니다.

　저는 어릴 때 형제가 없어서 장난감을 가지고 혼자 노는 것을 좋아했어요. 장난감 총부터 로봇 장난감까지 다 좋아했지만 특히 캐릭터 액션 피겨 장난감을 많이 좋아했죠. 액션 피겨는 애니메이션, SF영화, 컴퓨터, 게임 등 가상의 세계에 등장하는 주요 캐릭터를 마치 살아 있는 것처럼 재현한 조

내 인생의 첫 액션 피겨. 〈600만 불의 사나이〉 12인치 액션 피겨(위)와 어릴 적 내용도 모르고 즐겨봤던 〈스타 트렉〉 6인치 액션 피겨(아래)

형물을 말해요. 그중에서도 전 슈퍼 히어로, 〈스타워즈〉 액션 피겨 장난감을 매우 좋아했어요. 특히 여섯 살 즈음 가지고 놀던 〈600만 불의 사나이〉 12인치 액션 피겨는 지금도 기억이 생생해요. 낮잠을 주무시는 어머니 옆에 누워서 그 인형을 만지작거리는 행복감이란 이루 말할 수 없었죠. 그러다가 초등학교 1학년 때 부모님이 이혼하시고 어머니와 단둘이 살게 되면서 예전처럼 장난감을 사달라고 하기에는 눈치가 보이기 시작했어요. 생활비를 외갓집에서 주시긴 했지만 정서적 빈곤감 때문인지 초등학교 내내 이유 없이 많이 아프고 학교도 가기 싫었지요. 전 매일 아프다고 핑계 대고 집에서 그림만 그렸어요. 재미있게 봤던 영화의 한 장면이나 상상 속 괴물들, 주한 미군 방송망인 AFKN에서 본 〈스타 트렉〉 주인공 그림을 줄곧 그렸지요.

그러던 어느 날 어머니가 스크랩북을 만드는 모습을 보았어요. 신문을 오려서 붙이시는 모습을 보고 문득 뭔가 깨달았죠. 아, 나도 내가 좋아하는 것들에 대한 자료를 모아야겠구나! 그날 이후부터 저는 좋아하는 영화나 만화에 관한 신문이나 잡지의 사진과 기사를 모으기 시작했어요. 정말 미친 듯이요. 초등학교 3학년 겨울 방학 때부터 스크랩북을 만들기 시작했는데 4년 동안 연습장 열 권 정도 만들었지요. 그때는 영화와 장난감에 대한 열정을 스크랩북 만들기로 해소했던 것 같아요. 그 밖에도 토요일마다 〈주말의 명화〉를 보거나 라디오 영화 음악 방송을 거의 매일 들으며

카세트테이프에 녹음하고는 했죠. 김세원, 임국희 씨가 진
행하던 라디오 방송 〈영화 음악실〉은 제 어린 시절부터 청
소년기까지 추억의 절정이었죠. 이렇듯 저의 영화, 만화 사
랑은 장난감 수집에 큰 배경이 되었습니다.

　중학교 2학년 때 남대문 수입상가에서 가필드 고무 인
형을 사면서 본격적인 장난감 수집이 시작됐습니다. 《가
필드》는 미국에서 1978년에 처음 연재된 만화예요. 1988
년에는 TV 애니메이션으로도 제작되었지요. 뭐, 가필드
인형을 살 당시에는 '수집가'라는 거창한
생각은 꿈에도 못 했고요. 그냥 귀여워
서 샀지요. 그 뒤로 가필드 인형을 한

뽀빠이 봉제 인형 등 여러 가지 뽀빠이 장난감.
중·고등학교 시절에는
이런 것을 좋아한다는 사실이 창피해서
취향을 숨겨야 했다.

개 두 개 모으다가 미키 마우스, 배트맨, 스누피 인형 등을 계속 모으게 됐어요. 외할아버지께서 용돈을 주시면 그 돈으로 거의 장난감을 사 모았어요. 당시에는 친구들에게 창피해서 비밀로 했어요. 제 또래 친구들은 프라모델 장난감을 좋아했으니, 중학교 남학생이 인형을 사는 것은 좀 특이한 경우였지요.

하지만 제게 캐릭터 인형과 액션 피겨 수집은 좀 특별했어요. 행복했던 유년기로의 회귀라고나 할까요. 이처럼 간간히 장난감을 사 모으던 중·고등학교 시절을 지나 대학에 입학하면서 장난감 수집은 본격적으로 불붙기 시작했어요. 백화점과 남대문 수입상가, 청계천 황학동 시장에서 제가 좋아하는 장난감을 구입했어요. 특히 1991년부터 10년 동안 압구정동에서 인테리어 소품 가게를 하시던 신 사장님이란 분이 계셨는데요. 젊은 청년의 열정을 기특하게 보셨는지, 미국에서 컨테이너로 물건을 들여올 때마다 캐릭터 장난감까지 실어 오셨죠. 그 당시 그 가게에서 무지하게 장난감을 산 기억이 납니다.

발품을 팔아가며 장난감을 모으던 시절을 뒤로하고 1997년 이후 인터넷 서비스가 상용화되면서 장난감 구입은 좀 더 수월해졌어요. 미국과 일본의 캐릭터 액션 피겨를 수입해서 판매하는 인터넷 쇼핑몰도 늘어나고, 커뮤니티

를 통해 장난감 수집가들이 온·오프라인에서 만나는 경우도 잦아졌습니다. 미국 인터넷 경매 사이트인 이베이에서 희귀한 장난감을 손쉽게 구하기도 하고, 일주일에 한 번은 액션 피겨 매장에 꼭 방문해서 장난감을 한 아름 사서 오곤 했어요. 그러던 시기에 장난감을 특이하게 수집하는 사람들을 만나게 됩니다.

1998년 여름, 용산의 한 프라모델 전문 판매 매장에서 제 또래의 친구들을 만나게 됐어요. 신학대학교를 다니는 친구, 실업 구단에 갓 입단한 배구 선수 등 다양한 사람과 친해졌지요. 그중 한 백수 친구가 문방구를 돌아다니며 오래된 국산 프라모델을 수집하더라고요. 오호, 매우 재미있는 아이템이었어요. 그 뒤로 저 역시 몇 년간 전국 문방구를 뒤지기 시작했어요. 처음에는 프라모델 위주로 샀지만 점차 1970~1980년대 어린이 장난감도 모으게 됐어요. 여행용 가방을 등에 메고 하루 종일 문방구를 찾아다녔지요. 지도를 보며 초등학교 근처의 문방구는 이 잡듯이 뒤졌어요. 1999년 가을에 마포초등학교 앞 문방구에서 용달차 한 대 분량의 옛날 장난감이 나온 적도 있었어요. 나중에 알게 된 사실이지만, 이런 문방구 탐방이 당시 시대적 분위기였나 봐요. 많은 수집가가 문방구 사냥을 하고 있었거든요. 차차 그분들과 가까워져서 수집품도 교환하고 인사동 장난감 경매에도 참가했었지요.

　장난감 수집 욕심에는 때와 장소가 없습니다. 어떠한 상황에서도 마음에 드는 물건을 발견하면 자제할 수가 없어요. 신혼여행을 가서도 어쩔 수 없었습니다. 예쁜 물건이나 장난감을 보면 나도 모르게 걸음을 멈추고 아내를 한 번 쳐다봅니다. 그러면 아내는 어이없다는 표정을 애써 감추며 저에게 사고 싶으면 사라는 사인을 보내지요. 이렇게 신혼

신혼여행지인 프라하에서 산 나무 장난감.
마음에 드는 물건을 발견하면 아내의 얼굴을
물끄러미 쳐다보고는 했다.

여행 일주일 동안 사 모은 장난감과 소품만 트렁크 다섯 개는 족히 됐던 것 같아요. 신혼여행지가 프라하였는데 그곳은 동유럽 특유의 전통 나무 장난감과 마리오네트 인형이 유명했거든요. 그런 기막힌 수집 대상을 두고 어찌 걸음이 떨어질 수 있겠어요.

해외에 출장을 가도 시간만 생기면 장난감을 사러 돌아다니죠. 일본은 말할 것도 없고 런던 등 대도시에 가면 꼭 장난감 가게에 들리곤 합니다. 2011년에는 러시아 모스크바에서 개최하는 모스크바 국제 영화제에 프로듀서 자격으로 참여했는데요. 사실 장난감이 많을 거란 기대를 안 했거든요. 그런데 막상 돌아다녀보니 예쁜 인형과 장난감이 정말 많은 거예요. 눈이 획 뒤집히더군요. 영화제 일정이 없을 때에는 장난감을 사 모으기 위해 미친 듯이 돌아다녔어요. 당시 교통사고 후유증 때문에 저희 영화사 감독님이 다리가 불편하셨는데 저 때문에 절뚝거리며 힘들게 같이 다니셨죠. 가끔은 수집 열정이 주변 사람을 힘들게도 하더군요.

수집 이야기를 조금 더 심도 있게 해볼까요? 시대마다 그 시기를 대표하는 생산품은 존재합니다. 그리고 생산품이 드러내는 그 시대의 특징은 현대 사회에 가까워지면서 점차 기능보다는 겉모습에 집중되었지요. 오늘날 우리는 유행하는 옷과 신발, 가구와 그릇 등 다양한 제품을 필요에 의해 쓰다가 버리고는 합니다. 이런 것들을 단순히 생필품으로만 보기 때문에 필요하지 않으면 곧 버리는 것입니다. 그래서 수집은 그림과 같은 예술품에 한정되어왔습니다. 하지만 최근 다양한 물건을 수집하는 수집가들이 등장하고 있습니다. 20세기 들어 대량 생산이 일반화되면서 수집의 정의도 점차 바뀐 것이지요. 이제 수집가들은 역사적, 디자인적인 관점에서 각자의 취향에 따라 물건을 모으게 됩니다.

　　장난감 수집은 무엇일까요? 사실상 수집에는 개인의 유년 기억이 큰 부분을 차지합니다. 유년의 기억에는 장난감이 차지하는 비중이 상당하기 때문이지요. 그럼 왜 장난감 수집은 뒤늦게 부각되었을까요?

　　인류는 오랫동안 성인에게 어린 자아를 숨기도록 강요해왔습니다. 어른답게 행동하고 살아야 하는 것은 성인의 숙명이었습니다. 어떤 사람들은 장난감 애호가들을 피터 팬

증후군, 마니아, 키덜트, 오타쿠 등 다양하게 부릅니다. 마치 어른이 되길 두려워하는 피터 팬처럼, 오히려 이들이 장난 감을 가까이하는 것을 두려워하는 건 아닐까요? 장난감은 하나의 물건에 불과합니다. 이를 터부시하거나 특이하게 보 는 것은 우스운 일입니다.

그런데 최근 방송과 책을 통해 저장 강박증이 다뤄지면 서 물건을 모으는 것에 대한 부정적인 견해와 공감이 다시 한 번 형성되는 듯해요. 하지만 제가 드리고 싶은 이야기는 물건에 집착하는 것이 나쁘지 않다는 겁니다. 자기가 좋아 하는 물건을 모으는 것은 행복한 일입니다. 적어도 그 사람 에게는 말입니다. 남이 보았을 때 그럴싸한 수집품이든 너 저분한 폐품이든 간에 편애하는 사물을 모으는 일은 수집 가 당사자에게는 큰 즐거움입니다. 그 집착으로 인해 주변 사람, 특히 가족이 괴로워한다면 수집가는 해결 방법 혹은

적절한 타협점을 찾아야겠지요. 전문가와의 상담도 큰 도움이 될 것입니다.

그러나 수집가의 내면을 들여다볼 시도조차 하지 않고 그의 삶의 방식을 비판한다면 아마도 우리는 삶의 다양성이란 가치를 상실하게 될지도 모릅니다. 사실 그동안 우리 사회는 물건을 모으는 행위를 고운 시선으로 보지 않았습니다. 수집품을 잡동사니로 치부하며 지저분하다고, 어른들은 나무라셨지요. 그래서 꽤 많은 사람의 기억 속에는 공부하라며 장난감과 만화책을 내버리신 부모님의 모습이 남아 있을 것입니다. 부모님들은 말씀하십니다. 장난감 나부랭이 모으면 나중에 거지꼴 면치 못한다고, 다 가져다 버리라고요. 어느덧 부모님들의 호통은 우리의 시대정신이 되어 버렸습니다.

수집이란 것은 매우 긍정적인 여가 활동입니다. 장난감

장난감 나부랭이 모으면

나중에 거지꼴 면치 못한다!

다 가져다 버려라!

장난감도 여느 것과 다름없는

수집품 가운데 하나예요.

마치 우표 수집처럼요.

또한 여느 것과 다름없는 수집품의 한 가지입니다. 요즘은 성인 수집가를 대상으로 많은 장난감이 출시되는 추세입니다. 장난감 수집 열풍을 반영한 현상이겠지요. 종류와 장르도 다양해지고 가격도 천차만별입니다. 장난감의 제일 큰 매력은 시각적 재미를 준다는 점입니다. 얼마나 귀엽고 멋있는지요! 또 영화 캐릭터 장난감은 영화 속 한 장면을 그대로 옮긴 듯 현실감 있는 모습을 눈앞에 펼쳐놓습니다. 아이와 어른 모두 블록버스터 영화와 테마파크에 열광하는 요즘, 장난감 수집을 자연스러운 여가 활동으로 받아들였으면 하는 바람입니다. 어른이 예쁘고 멋진 물건을 모은다고 해서 성인의 역할을 다하지 않는 것은 아니니까요.

여러분, 버리고 사는 것을 반복하지 말고 사고 모으는 것은 어떨까요? 모으는 것을 두려워하지 맙시다. 수집은 그리 거창한 것이 아닙니다. 당신이 좋아하는 물건이 있다면 지금 바로 자신만의 수집품으로 만들어보세요. 그 수집품에는 당신이 꾸는 꿈, 함께했던 사람과의 기억, 어린 시절의 추억이 함께 녹아들어 당신의 머리와 가슴을 채워줄 것입니다.

아래는 제가 물건을 수집하며 적어놓은 생각의 단편들입니다. 이 조각들을 함께 나누며, 수집품에 내어줄 여러분의 마음 한쪽 자리가 점점 더 넓어져가길 바랍니다.

영화의 아이콘, 장난감과 만나다

"영화는 20세기의 꿈을 시각적으로 보여주는 최고의 매체이며 나의 애인, 장난감은 즐거운 벗이자 운명이다."

회화의 비주얼과 소설의 이야기성은 각기 다른 길을 걷다가 19세기 말 영화의 탄생을 기점으로 하나로 묶인다. 동굴과 같은 어두운 극장에 모인 사람들은 희미한 불빛과 영사기의 소음 속에서 새로운 세계를 운명적으로 만났다. 1930년대는 꿈의 공장이라 일컬어지는 할리우드가 영화의 상업적 가능성을 확장하며 대중과 가깝게 밀착한 시기였다. 이후 장르 영화는 발전을 거듭했고 1970년대에 이르러서는 정점에 이르렀다. 007 시리즈와 조지 루카스의 〈스타워즈〉 흥행 신화는 액션 피겨 제품의 등장을 불러왔다. 나는 그런 문화의 파

도를 타며 영화 마니아로 성장했고, 자연스레 컬렉터가 되었다. 슈퍼맨과 배트맨, 제다이와 인디아나 존스 같은 영화 캐릭터의 정형성은 사람들을 유혹했고, 소유욕을 일으켰다 (이런 심리에 대해 할리우드는 여느 매체보다 탁월하다. 할리우드 영화의 역사는 어찌 보면 '인간의 욕망을 탐구하는 역사'이기도 하다). 20여 년 넘는 (나만의) 수집과 소유의 반복은 자연스레 해부와 해체의 시점이 왔음을 내게 암시했다.

제임스 본드

극장에서 처음 본 007 영화는 〈007 나를 사랑한 스파이〉로 기억한다. 로저 무어 주연의 그 영화는 아마도 007 시리즈 중 첫 블록버스터라 할 정도로 공을 들인 영화였다. 수륙 양용 변신 자동차를 탄 금발의 호쾌한 남자 로저 무어는 다섯 살짜리 꼬맹이의 입을 다물지 못하게 했다. 그 사건 이후, 2년이 흘러

어른답게 행동하고 살아야 하는 것은

성인의 숙명이지.

TV를 보는데 어머니는 낯선 사내가 나오는 영화를 가리키며 007 영화라고 하셨다. 나는 고개를 갸우뚱하며 의아해했다. 처음 본 영화의 제임스 본드가 아니었기 때문이었다.

"엄마, 이 사람 아니야!"

이번에는 어머니가 고개를 갸우뚱. 나중에 알고 보니 그는 로저 무어가 아닌 숀 코너리였다. 그랬다. 엄마의 007 제임스 본드는 숀 코너리, 나의 007 제임스 본드는 로저 무어였다.

시간이 흘러 10대 시절. 숀 코너리의 007 시리즈를 비롯해 〈스타워즈〉 시리즈를 구하기 위한 은밀한 거래가 시작된다. 그 당시 영화를 구하기 위해서는 가짜 비디오 시장에 빠르게 잠입해야 했다. 가짜 비디오 시장! 정품이 아닌 일본에서 출시된 영화의 복제품을 구할 수밖에 없었던 시절의 풍경은 살짝 은밀했다. 어둡고 칙칙한 회현지하상가에서 비디오테이프를 빌리곤 했는데, 그 거래 방식이 좀 재미있었다. 5,000원에 비디오테이프를 구입해 영화를 보고 난 후 돌려주면 다른 영화로 바꿔서 볼 수 있었다. 실제 대여료는 2,000원이고 3,000원은 보증금쯤으로 생각하면 된다. 열 편을 5만 원에 빌려서 보고 돌려준 뒤 다시 열 편을 빌리기도 했다. 지름신의 강림과 함께 영화 마니아의 탄생을 알리는 신호탄이 사춘기의 하늘로 솟아올랐다. 아무튼 그때 그 상점의 거래 방식은 아마도 비디오 대여점의 전신이라고 부를 수 있을 듯하다. 그곳에서 007은 물론 남자들의 우상이라 부를 수 있는 이소룡도 만날 수 있었다.

2012년 늦은 가을, 〈007 스카이폴〉이란 007 시리즈가 개봉했다. 주위 사람들의 싸늘한 반응에도 불구하고 007 시리즈로는 스물세 번째 작품이 여지없이 멀티플렉스의 한자리를 차지했다. 난 포스터를 보며 왠지 가슴이 싸해지는 뭉클함을 느꼈다. 돌이켜보면 나의 인생이란 어쩌면 007과 함께한 것이 아닌가 싶은 가슴 벅찬 느낌. 난 2년 혹은 3년 간격으로 007을 보면서 성장했다. 나이를 먹어갈수록 영화도 점점 변해갔고, 나 역시 영화를 이해하고 해석하는 지성과 감성이 변해갔다. 007은 나의 영화 사전 안에서 늘 다른 영화보다 더 감정적으로 출렁거렸다. 이안 플레밍의 원작을 작품화한 이 시리즈는 사실 냉전 시대를 피해가는 첩보 영화였다. 이 작품은 결코 '냉전의 산물'이 아니다. 시대에 맞도록 탁월하게 변신을 거듭했던 영화였다.

이 시리즈가 만든 신화의 삼위일체는 다음과 같다. 이안 플레밍이라는 걸출한 작가, 제작자 앨버트 브로콜리의 시대를 보는 안목, 배우 숀 코너리가 풍기는 매력. 007의 키워드인 턱시도, 겜블링, 담배, 보드카 마티니 "섞지 말고 흔들어 주세요 Shaken, not stirred", 발터 PPK, 본드걸, 세계의 유명 호텔은 오로지 그와 만났을 때 제힘을 발휘한다고 감히 주장하고 싶다. 위대한 배우이긴 하지만 존 웨인, 폴 뉴먼, 찰턴 헤스턴이 이 역을 맡았다면 과연 40년이 넘는 긴 흥행이 가능했을까? 나는 그 점에 대해서는 회의적이다. 1960년대 초반

스코틀랜드 출신의 영국 배우인, 무명에 가까운 숀 코너리를 과감히 캐스팅한 모험 정신이 여기에서는 새로운 신화를 탄생시켰다. 1962년 〈007 살인 번호〉 이후 〈007 위기일발〉, 〈007 골드핑거〉, 〈007 썬더볼 작전〉, 〈007 두 번 산다〉를 찍은 후, 여섯 번째 영화에서 그는 등장하지 않는다. 결과는 참혹했다. 여섯 번째 작품 〈007 여왕 폐하 대작전〉의 기대에 못 미치는 흥행 성적 때문에 새로운 제임스 본드 조지 라젠비의 연기와 스타일을 두고 숀 코너리의 복제품이란 비난이 거세게 쏟아졌다. 결국 숀 코너리가 일곱 번째 영화 〈007 다이아몬드는 영원히〉로 복귀한다. 하지만 시대의 흐름은 로저 무어를 원했다. 여덟 번째 007 시리즈부터는 로저 무어가 제임스 본드가 된다. 1983년, 숀 코너리는 정통 007 시리즈는 아니지만 〈007 네버 세이 네버 어게인〉이라는 영화로 깜짝 부활을 했으나 시대의 흐름을 바꿀 수는 없었다.

고독한 야성을 지닌 숀 코너리와는 달리, 로저 무어는 친절하고 위트가 넘쳐 마치 코미디 배우를 보는 듯했다. TV 시리즈 〈세인트〉의 이미지를 가져온 게 분명했다. 반면 숀 코너리는 다른 길을 가야 했다. 주·조연을 마다치 않고 다양한 영화에 출연하더니, 1987년 〈언터처블〉로 아카데미 남우조연상을 수상한다. 그때 맡았던 배역은 마피아를 전담하는 특수수사대의 경험 많은 경찰로, 영화의 후반부에 비참하게 살해당하는 인물이었다. 숀 코너리는 007 시리즈의 상업적 성공만으로 만족하지 않고 배우로서도 인정받은 것이었다.

그는 제임스 본드라는 힘겨운 벽을 넘어섰다.

그는 액션과 드라마를 넘나들며 더욱 왕성히 활동했다. 그의 영화 이력에서 〈더 록〉은 내게 무척 특별하다. 이 영화는 007에 대한 오마주*가 숨겨져 있는 작품으로, 숀 코너리가 연기한 역할은 1960년대 미국에서 잡힌 SAS 요원이다. 제임스 본드로 대변되던 절대 강자가 30년 넘게 감옥에 갇혀 있게 된 형국이 바로 〈더 록〉이다. 거대

오마주는 프랑스어로 경의, 존경을 뜻한다. 영화에서는 존경하는 영화인의 업적이나 재능에 경의를 표하기 위해 특정 장면이나 대사를 인용하기도 하는데 이를 오마주라고 한다. 예를 들면 미국 영화감독인 쿠엔틴 타란티노는 홍콩 영화감독인 오우삼의 작품을 보며 영화인을 꿈꿨는데, 이후 데뷔작 〈저수지의 개들〉에서 오우삼 감독의 〈첩혈쌍웅〉의 액션 장면을 오마주했다.

한 액션이 돋보이는 〈더 록〉, 이후 여러 장르의 영화에 출연하던 그의 액션 이력은 〈젠틀맨 리그〉로 이어진다. 하지만 〈젠틀맨 리그〉 이후 그는 영화 인생의 마침표를 찍는다. 아이러니하게도 이 영화에서 그의 무덤(영화 내용상)이 흔들리며 부활의 기미를 알리려고 발버둥 치지만 결국 숀 코너리는 부활하지 않았다. 영원할 것 같았던 나의 영웅도 흘러가는 세월은 어쩔 수 없었다.

이런 이야기를 하면 나를 어떻게 볼지 모르겠지만 나는 10대 시절 점퍼 주머니에 장난감 권총을 품고 다녔다. 이유는 모르겠다. 나는 어쩌면 로저 무어 혹은 숀 코너리 같은 남자가 되고 싶었는지도 모른다.

〈스타워즈〉

〈스타워즈〉는 내가 여섯 살이 되던 해에 국내에서 개봉했다. 거리마다 포스터가 붙고 종로 허리우드극장에 거대한 〈스타워즈〉 포스터가 걸렸다. 그 당시 난 영화 포스터의 다스 베이더 마스크를 보고 벌벌 떨기도 했다.

모든 게 처음이었다. 서스펜스와 판타지, 거대한 스케일은 어린 꼬맹이를 단번에 사로잡았다. 몇 년 전에 〈로보트 태권V〉 마니아를 만난 적이 있는데, 자연스레 어린 시절 이야기를 나누다가 그가 황금 날개 로봇이 폭발했을 때 울었던 기억, 극장에서 태권V 주제곡이 나오면 선창에 합창까지 하며 호들갑을 떨었던 추억을 환기하는 대목에서 깊게 공감하지는 못했다. 나는 어린 시절 〈스타워즈〉를 봤기 때문에, 이 모든 게 어린 시절부터 좀 유치하게 보이기도 했다. 건방지지만 루카스의 시각에서 다른 것들을 지켜보았다고나 할까. 〈스타워즈〉의 환각으로 어린 시절 눈높이가 좀 높아지고 말았다.

영화의 환상성은 대단하다. 부모님은 영화도 많이 보여주셨지만 미국 출장을 다녀오시면서 〈스타워즈〉 장난감을 선물해주시기도 했다. 굳이 내가 나서서 자랑하지 않아도 우리 집에 〈스타워즈〉 장난감이 있다는 소식은 입소문을 탔는데, 친구들이 집에 놀러온 날에는 종종 장난감이 사라지기도 했다. 정말 어떻게든 범인을 잡고 싶었지만 뾰족한 수가 없었다. 그때는 친구도 필요 없다며 배신감에 몸을 떨었지만 다시 돌이켜보면 유혹도 그런 유혹이 없었을 것 같기는 하다. 아무튼 재미있는 사실은 장난감이 사라지고 나서 얼마 후, 한 친구 집에 놀러 가 내 것이 분명한 그 장난감을 목격했지만, 녀석이 얼마나 임기응변이 뛰어나던지 할 말도 못 하고 가슴만 태우다 집으로 돌아온 기억이 있다는 것이다. 수줍고 겁 많은 아이였던지라 말 한마디 시원스레 하지 못했다. 그런데 그 사건이 얼마나 내게 깊이 사무쳤는지 5년이 넘게 지나 6학년 졸업할 당시에 그 녀석과 다른 일로 말다툼을 했는데, 나도 모르게 그 아이의 뒤통수에 대고 "〈스타워즈〉 장난감을 훔쳐간 놈"이라고 욕을 날려주기도 했다. 내가 말해놓고도 깜짝 놀란 말이었다.

　1977년 영화는 개봉했고, 그때 영화를 본 아이들은 성인
이 되어서도 그 추억 덕분에 행복했으며 액션 피겨를 갖고
싶은 열망이 생겼다. 조지 루카스는 그런 어른들의 아이 같
은 열망을 놓치지 않고 피겨를 만들어 전 세계 성인들의 눈
을 매혹했다. 루카스의 매혹적인 전략이다. 제품은 무척 다
양했다. 머그잔, 티셔츠, 학용품, 오죽하면 요다와 다스 베이
더 패러디 인형까지 등장했으랴. 해리슨 포드는 극의 전개
상 〈스타워즈〉의 다섯 번째 에피소드에서 자신이 연기한 한
솔로가 죽는 것이 어떻겠냐고 감독에게 제안했지만 단번에
거절당했다고 한다. 그래서 그는 우스갯소리로 조지 루카
스 감독이 캐릭터 상품을 포기할 수 없었던 것 같다고 인터
뷰하기도 했다. 40년 넘게 이어진 〈스타워즈〉의 한정품 전

략, 고가 복각 상품 전략, 감성의 상품화, 기억의 상품화, 노스탤지어의 상품화를 자본주의의 절정이라며 비판하는 사람들도 적지 않지만 나에게는 이 모든 가치가 컬렉터로서 소중하다.

스포츠, 장난감과 만나다

처음 메이저 리그를 안 데에는 외할아버지의 공이 컸다. 외할아버지는 외손자가 허약하니 열심히 운동하라고 격려하려 하셨는지, 미국에서 야구 선수 운동화를 사다 주셨다. 완전 호사였다. 다저스타디움이 새겨진 선물. 그 감격은 지금 회상할 때 더 벅차게 타오른다.

그때는 메이저 리그의 가치를 그렇게 실감하지 못했다. 어렸을 때 경험한 야구 문화란 게 여러 가지가 있겠지만 우선 제일 먼저 떠오르는 건 초등학교 3학년 즈음에 TV에서 방송되었던 청소년 야구 드라마다. 제목은 기억나지 않지만 그 드라마에 등장하는 야구 팀 이름이 독수리 야구단이었다. 그 드라마를 보며 나는 순식간에 야구에 빠져들었다. 마침 야구화도 생긴 김에, 어머니를 졸라 홍제동에 있는 유진상가에서 야구복과 배트를 샀다. 가슴에 독수리, 번호는 1번을 새겼다. 야구에 '야' 자도 모르면서 1번이 무조건 좋은 것 아니냐는 단순한 사고방식으로 1번을 새겨 넣었다. 그렇게 야구복을 입고 놀던 다음 해에 프로 야구가 창단되었던 것으로 기억한다.

　고등학교에 가서는 본격적으로 야구에 빠졌다. 1980년대 중반 이후로 야구는 정말 국민 스포츠였다. 그 당시 최고 강팀은 해태 타이거즈였지만 내가 줄곧 응원한 팀은 OB 베어스였다. 누가 뭐라 해도 OB 베어스의 최고의 매력은 반전 드라마를 만들어내는 그들의 탁월한 능력이었다. 프로 야구 개막 첫해에 전문가들은 OB 베어스가 저조한 성적을 거두리라고 예상했지만, 베어스는 깜짝 우승을 거두었다. 하지만 불행하게도 창단 우승 이후의 성적은 늘 별로였던 것으로 기억한다. 그러던 중 1995년, 13년 만에 우승 트로피를 안았다. 그때 생각만 하면 지금도 눈시울이 붉어진다. 롯데를 절대적으로 지지하는 부산 팬들도 이런 마음은 모를 것이다. OB의 살아 있는 전설 박철순은 당시 9승을 올렸고, 김인식 감독은 부임하면서 곧바로 우승을 거둬 감독으로서의 카리스마를 단박에 입증했다.

　하지만 나의 영역은 한국 시리즈에서 멈추지 않았다. 박찬호가 나의 시선을 미국으로 이끌었다. 그는 대학교 2학년 때 LA 다저스로 행로를 정하며 국민의 가슴을 설레게 했다. 1997년에는 풀타임 메이저 리거가 되어

본격적으로 박찬호 시대를 열었다. 방송국은 발 빠르게 매주 위성 생중계를 편성했다. 이에 국민들의 관심은 점차 커져갔다. 매년 각 방송사가 서로 박찬호 선수 경기를 방송하겠다며 경쟁해 중계권 가격 폭등이 이어지면서 법적 분쟁까지 일어날 정도로 나라 안팎이 시끌벅적했다.

메이저 리그는 분명 한국 야구와 달랐다. 이런 비교가 부정적으로 작용하기도 했는데, 지금이야 한국 프로 야구가 700만 관중을 돌파하며 제2의 전성기를 맞이하고 있지만 박찬호의 메이저 리그 경기를 보며 한국 야구의 수준을 의심하던 사람들은 국내 경기에 조금씩 무심해져가기도 했다.

요즘 우리의 야구 지식은 3개국을 넘나든다. 나는 메이저 리그 분야에서 (한국인 메이저 리거가 소속된 팀을 제외한다면) 보스턴 레드삭스의 열혈 팬이다. 주변을 보니 의외로 나처럼 보스턴 레드삭스, 빨간 양말의 팬들이 많다. 밤비노의 저주, 커트 실링의 핏빛 양말을 기억하는가? 보스턴의 팬이

라면 이 말이 무슨 말인지 알 것이다!

　밤비노는 이탈리아어로 아기라는 뜻이다. 영어의 베이브Babe와 같은 뜻인데, 이 이름을 들으면 아마 누군가 떠오를 것이다. 그렇다. 바로 전설적인 야구 선수 베이브 루스의 애칭이 밤비노였다. 베이브 루스는 보스턴 레드삭스에서 활약했지만 구단이 그의 실력을 제대로 인정해주지 않았고, 결국 1920년 뉴욕 양키스에 트레이드시켰다. 그런데 그 이후 뉴욕 양키스는 눈부시게 승승장구하며 월드 시리즈 우승을 거듭한 반면, 보스턴 레드삭스는 2002년까지 월드 시리즈 우승을 단 한 차례도 거두지 못했다. 창단 해인 1903년부터 1918년까지 다섯 차례나 우승을 거두었던 보스턴 레드삭스인데도 말이다. 그래서 사람들은 보스턴 레드삭스의 저조한 성적을 일컬어 밤비노의 저주라고 불렀다.

　10년이면 강산도 바뀐다고 하니, 1920년부터 2002년까지면 강산이

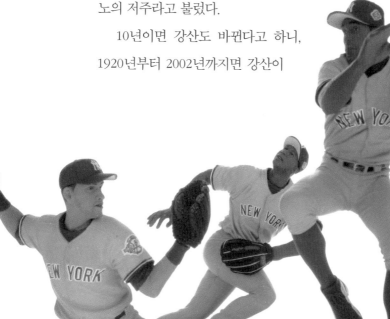

여덟 번 바뀌었을 시간이다. 긴 시간 동안 승리를 거두지 못하자 보스턴 레드삭스의 팬들은 마음이 조급해졌다. 2002년에는 그 긴 저주를 풀기 위해 베이브 루스가 보스턴 레드삭스의 일원으로 마지막 경기를 치렀던 1918년 당시 보스턴 근교의 연못에 빠뜨렸다고 알려진 피아노 인양 작전을 벌이기까지 했다. 그 피아노를 다시 연주하면 저주가 풀릴 것이라 믿었을 만큼 절박했던 것이리라. 그러다가 2004년, 드디어 월드 시리즈에서 우승함으로써 86년 만에 밤비노의 저주를 풀었다!

그 저주를 푸는 데 명명백백 큰 공헌을 한 이가 커트 실링이다. 당시 커트 실링은 발목 인대 수술을 받은 상태였다. 하지만 마운드에 올라 흰 양말이 피에 젖을 정도로 투혼을 발휘해 경기를 치렀고 보스턴 레드삭스에 승리를 안겼다. 밤비노의 저주, 그가 86년 만에 저주를 풀었다. 우승 멤버 중 하나였던 페드로 마르티네즈와 시즌 중반 트레이드된 노마 가르시아파라도 내게는 아름다운 선수로 남아 있다. 그 기억을 간직한 채 지금도 내 진열장의 한구석은 메이저 리그 선수들의 피겨로 가득하다.

수집품, 사람들과 만나다

2006년 삼청동에 문을 연 장난감 박물관 '토이키노'는 내 인생의 큰 전환점이 되었다. 그동안 모은 수집품을 드디어 사람들 앞에 선보이게 된 것이다. 당시에는 어떤 평가를 받을지 몰라 준비 과정에서 두려움이 앞서고 많은 시행착오도 있었지만 지금은 이 박물관이 내 인생에서 가장 중요한 부분이 되었다. 돌이켜보면 삼청동 토이키노 1, 2관과 헤이리 토이키노, 예술의 전당 전시회까지 지난 8년 동안 장난감과 함께 많은 일이 있었다. 그러나 무엇보다도 제일 가치 있는 일은 관람객과 추억을 공유하고 수집의 가치를 나눈 일이 아닐까 싶다.

수집한 작품을 보는 것만으로도 그 가치는 이루 말할 수 없다. 그것이 몇 만 점이 될 때는 더더욱 그렇다. 자기

의 경험과 흥미의 정도를 장난감의 침묵 앞에서 저울질해 본다. 완벽한 재현이 주는 놀라움과 신비는 감상자의 영혼이 덧입은 무장을 해제한다. 장난감 앞에 서면 판타지의 세계가 열리고, 소유할 수 없는 시간이 마치 소유 가능한 듯 보인다. 판타지 속에 깃든 유머 감각과 다이내믹, 화려한 색채는 언제든 관객을 유혹할 준비가 되어 있다. 하지만 이러한 장난감들의 단순 나열은 어디까지나 디스플레이의 기초일 뿐이다.

여기에, 토이 디렉터의 손끝 감각이 더해진다. 그건 고스란히 작품 배치의 문제로 이어진다. 앞서의 준비를 '1단계: 디스플레이'라고 보면, 이번에는 '2단계: 배치의 문제'라고 이름 붙일 수 있다. 배치란 공간, 시간, 각 캐릭터 간의 배열을 말한다. 각자의 캐릭터는 개별적인 존재이지만 이 박물관에 배치되는 순간 사회성을 획득한다. 관계를 맺기 시작하는 것이다. 이것을 토이 디렉터는 유기적 구성과 해체라고 말한다. 쉬운 말은 아니다. 다른 말로 하자면 판타지에 손을 댄다고 봐도 나쁘지는 않겠다. 이 박물관 안에서 배트맨과 슈퍼맨은 얼굴을 맞댄다. 람보와 인디아나 존스가 같은 구역에 등장한다. 이때 토이 디렉터가 어떤 미적 감각과 철학을 갖고 각 캐릭터를 선택하고 배치하느냐에 따라 둘(혹은 그 이상)은 친밀한 협력자, 경계하는 이방인, 심지어는 살벌히 대립하는 적도 될 수 있다. 그건 전적으로 토이 디렉터의 결정에 달린 것이다. 시각적 역동성과 조화, 관계의 재정립을 통해 새로운 비주얼을 구축할 수 있다는 데 이 세계의 탁월함이 있다.

그러나 차원은 여기서 멈추지 않고 진화한다. 이것이 '3단계: 3차원'이다. 여기에 나의 진정한 관심이 있다. 이 단계에 이르면 단순한 관계 짓기 차원의 효과를 넘어 하나의 세계가 창출되기에 이른다. 토이키노는 아마도 이 세계를 위해 위태로운 여행을 시작했는지도 모른다.

토이키노 박물관은 2011년 문을 닫았지만 곧 새로운 모습으로 다시 문을 열 계획이다.

장 난 감 사 진 작 업 이 야 기

"장난감을 볼 때 나는 세 개의 시선으로 바라본다. 그것은 분리되지 않은 시선이다. 하나는 어린 시절의 추억을 회상하는 시선이고, 다른 하나는 숭고한 미적 대상을 바라보는 시선이며, 또 다른 하나는 지울 수 없는 트라우마의 시선이다."

기본적으로 나의 사진은 장난감을 가지고 노는 아이의 시점에서 출발한다. 사진 작업 대상으로 장난감을 선택하게 된 데는 1차적인 의미에서 나의 유년 시절과 깊은 관련이 있다. 이를테면 여섯 살 때 극장에서 〈스타워즈〉를 보며 느꼈던 문화적 충격은 지금까지도 말로 다 설명할 수 없다. 내 인생을 몇 가지 장면으로 요약해야 한다면 〈스타워즈〉의 장면은

절대 빠지지 않을 것이다. 무엇에 '홀린다', '사로잡힌다'라는 표현은 바로 이런 감정을 말하는 것이리라! 그해 선물로 쥐어진 〈스타워즈〉 장난감 세트, 루크 스카이워커처럼 우주로 날아갈 것만 같던 감격…….

세월을 건너뛰어 중학교 2학년의 소년은 우연한 기회에 남대문 시장에서 장난감을 수집하게 되었고, 28년이 흐른 지금은 그 가짓수가 몇십만 점을 넘어버렸다. 그렇기에 장난감이 다른 어떤 사물이나 사람보다 친근하다. 장난감에 대한 놀라운 친화력은 나의 의식과 무의식에 깊숙이 새겨져 있음을 고백하는 바다. 하지만 방대한 양의 장난감을 수집했고 친화력이 높기 때문에 장난감 사진 작업을 시작한 것은 아니다. 장난감은 자신만의 고유한 존재감을 지니고 있다. 영화와 만화에서 접했던 인상과는 별개다. 그 존재감을 발견하면서부터 사진 작업은 시작됐다.

장난감은 다루기가 쉽고 부담감이 없다. 반면 상황에 민감하다. 작업을 계속하다 보니 장난감과 다른 사물을 결합해서 촬영하는 일이 빈번해졌는데, 그럴 때마다 신기한 현상이 나타났다. 나란히 배치했던 사물 역시 '장난감化'된 것이다. 여기서, '장난감化'라 함은 다루기 쉽고 친근해지며, 사물 그 자체가 주는 형태와 색의 재미가 느껴졌다는 의미다. 이런 심리적 현상은 확장돼서 나중에는 캐릭터가 사람처럼 진지하게 다가오고, 사물은

◀ *Dynamic Mapping I_ Plane*, 95×95cm, 2009

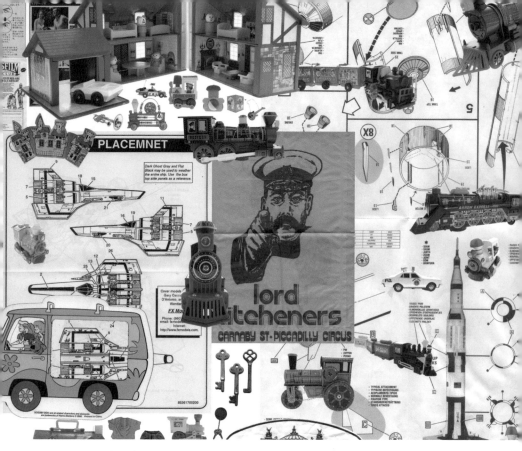

▲ *Nothing else*, 100×90cm, 2009

병이라고 하면 좀 난처해지는 대목이다.

　장난감은 친근한 어감 그대로 재미있고 신기하다. 하지만 단순히 재미있는 아이의 장난감으로 끝나지는 않는다. 그것은 사회의 부산물로 현대성을 대표하기도 한다. 이 안에는 신화와 욕망, 철학과 미술, 언어와 기호가 가장 단순한 형태로 응집돼 있다. 단순한 소비 형태로 사라지는 게 운명이지만 이것들을 진지하게 바라보고 재배치할 때 새로운 이

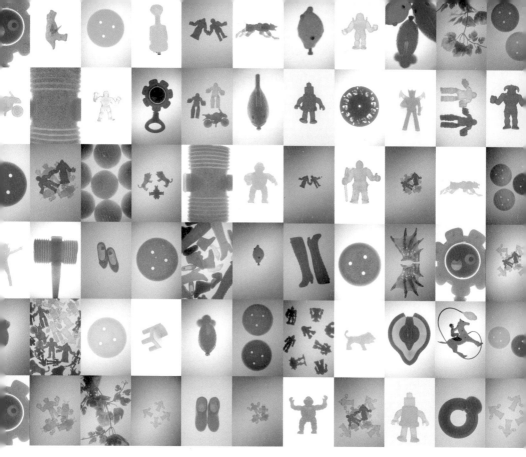

▲ *Septic*, 99.5×114.5cm, 2004

없다. 나는 이것을 '선택적 숭배'라고 말한다. 가톨릭 신자
들이 성물을 간직하고 예수와 성모 마리아의 상을 숭배하듯
나는 장난감을 대한다. 향수의 감정이 아니라 일종의 존중
이자 경배, 숭고한 미적 취향이다. 선택적 숭배는 다른 말로
지배당하지 않는 자발적 숭배다.

　　나는 장난감이 주는 이야기성에 관심이 많아서 한 프레
임 안에 여러 이미지를 구현해 장난감이 가진 다양한 매력

을 풍부하게 드러내는 멀티 이미지 작업을 선호한다. 이러한 작업을 할 때에는 멀티 이미지가 만들어내는 다양한 효과와 분위기를 위해 세심한 주의를 기울여야 한다. 하얀 배경을 채우는 장난감들의 시각적 균형, 하나의 주제에 들어맞도록 각 부분이 서로 밀접한 관계를 가지고 있는지 등에 초점을 맞춘다. 색채에 리듬감을 살린 단순한 배열에서부터 (여기에는 로봇의 얼굴이나 영화 주인공의 얼굴, 총 같은 무기나 아기자기한 장난감이 배열된다), 슈퍼 히어로의 재조합이나 공포 영화의 이미지, 혹은 영화 캐릭터들 간의 이미지 충돌 내지 가짜를 만들어내기도 한다.

사진은 때로 모호성 가운데 그 신비를 드러내는 경우가 있다. 그럼에도 나의 사진은 결코 모호하지 않다. 오히려 투명하다. 그런데 작업하면서 흥미로운 사실을 발견했다. 캐릭터들은 결코 자신의 전부를 드러내지 않는다는 점이다. 숨겨진 비밀이 있다. 작업을 하며 나는 그 비밀에 관심을 두게 됐다. 각각의 이미지는 모든 것을 보여주는 듯하면서도 역으로 무엇인가를 숨기고 있기도 한다. 이런 미학적 작용과 반작용이 디지털 캔버스에 긴장감을 부여한다.

사람들이 장난감에 대한 편견에서 자유로워지길 바란다. 장난감은 세상의 일부이다. 거대한 일부이며, 때론 주체이기도 하다. 강박과 스트레스, 심지어 편집증에 시달리는 나를 포함한 모든 현대인에게 장난감은 여전히 중요하다.

니체는 "우리는 실재에 의해 둘러싸여 있는 것이 아니라

실제 효과, 곧 모조성과 기호들의 산물에 의해 둘러싸여 있다"라고 말했다. 장난감도 니체의 개념에서 벗어나지 않는다. 어린 시절 잠깐 접하고 마는 게 장난감의 운명이던 시대는 지났다.

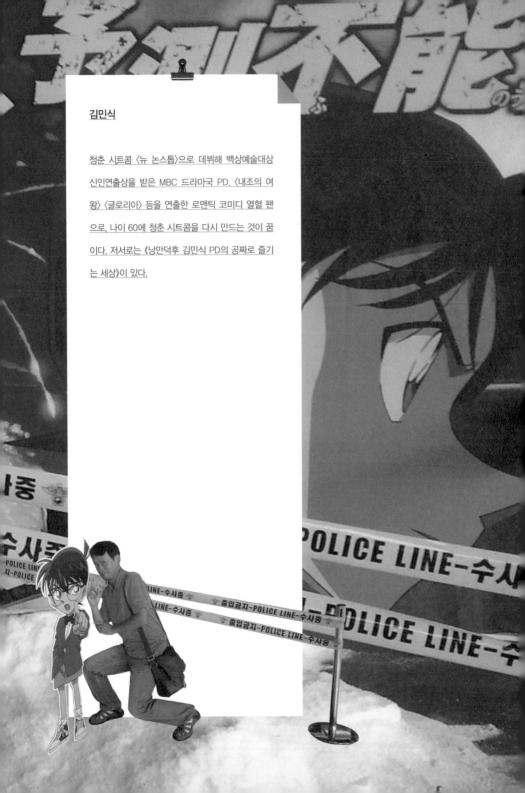

김민식

청춘 시트콤 〈뉴 논스톱〉으로 데뷔해 백상예술대상
신인연출상을 받은 MBC 드라마국 PD. 〈내조의 여
왕〉〈글로리아〉등을 연출한 로맨틱 코미디 열혈 팬
으로, 나이 60에 청춘 시트콤을 다시 만드는 것이 꿈
이다. 저서로는《낭만덕후 김민식 PD의 공짜로 즐기
는 세상》이 있다.

다시 태어나도 이 길을!

나이 서른에 죽지 못한 이유

고등학교 때 나는 자살을 꿈꾼 적이 있다. 그러나 '대학에 가면 뭔가 즐거운 일이 일어날 거야'라는 막연한 희망(?) 때문에 뜻을 이루지 못했다. 그런데 대학에 가보니 별것 없더라. 그래서 새롭게 마음을 먹었다. '20대를 최대한 재미나게 살고, 나이 서른이 되어도 별것 없으면 그때 깔끔하게 세상을 떠나자.'

서른 살을 인생의 종점으로 생각한 이유는 당시 주위에서 나이 서른이 넘어서도 즐겁게 사는 어른을 보지 못한 탓이다. 나이 서른이 넘으면 인생의 낙은 없고 오로지 가장이

나 직장인으로서 짊어지는 무거운 책임밖에 없다고 생각했다. 그런데 지금 40대 중반이 된 나는 아직까지 꿋꿋이 살고 있다. 청춘만이 인생의 아름다운 시기라 생각해서 서른 살에 인생을 스스로 마감하기로 결심했는데 실행에 옮기지 못한 이유는 무엇일까?

화려한 청춘을 보내고 세상을 하직했다면 지금까지 어영부영 살 수도 없었을 것이다. 항상 돌아보면 미련이 남았고 '본전은 챙기고 가야지' 하는 생각에 조금만 더 조금만 더 버티다 보니 벌써 아저씨다. 지나가는 중년의 아저씨를 보면 '도대체 저 나이에는 무슨 낙으로 살까?' 하고 불쌍해서 혀를 차던 20대 시절이 있었는데 내가 벌써 그 나이다.

잠깐 어렸을 적 이야기를 해보자면 초등학교 시절 어느 날, 학교를 마치고 나오는데 정문 앞에 못 보던 리어카 행상이 있었다. 당시로써는 처음 보는 식빵 토스트 튀김을 팔고 있었는데, 하나에 50원이었다. 정말 맛있어 보였지만 내 하루 용돈은 10원이었다. 10원이면 '라면땅' 과자 하나를 살 수 있었는데 난생처음 본 토스트 튀김은 신제품답게 상당히 고가였던 셈이다. 그래서 난 그날부터 용돈을 모았다.

닷새째 되는 날 수업이 끝나자마자 50원을 쥐고 학교 앞으로 달려갔는데, 행상 아저씨의 모습이 보이지 않았다. 50원을 들고 날마다 거리를 찾아 헤맸지만 토스트 튀김 리어카는 보이지 않았고 결국 난 그 최신 먹거리를 맛보지 못한 채 유년 시절을 마감해야 했다. 돈이 부족해 토스트를 사 먹지 못한 그날의 아쉬움은 아직도 기억에 선하다.

요즘 나는 드라마 PD로 일하는데 촬영 중 어쩌다 길거리 행상에서 튀김옷을 입힌 토스트를 보면 꼭 사 먹는다. 그럼 같이 일하는 조연출이 놀라 묻는다.

"감독님 출출하세요? 가서 간식거리 사 올까요?"

그럼 나는 빙긋이 웃으며 말한다.

"아냐. 이건 그냥 어린 시절의 나를 위한 선물이야."

20대 청춘이 인생에서 가장 빛나는 시기라고 믿던 시절, 청춘이 끝나고, 잔치가 끝나면, 나이 서른에 깔끔하게 세상을 떠나자고 다짐했었다. 그러나 서른 이후에도 난 꿋꿋이 살고 있다. 인생은 어린 시절의 나를 위한 선물인데 아직도 떠나지 못하는 이유는 갚지 못한 선물이 꽤 있기 때문이다.

초년 복은 개복이다

"초년 복은 개복이야."

아버지가 즐겨 하시던 말씀이다. 어린 시절에 잘나가다 나이 들어 가세가 기울어 고생하는 것보다 차라리 어려서 고생 좀 해도 갈수록 살림살이가 나아지는 게 훨씬 낫다는 말씀이리라. 행복이란 절대적 척도가 아니라 상대적 기준이니 초년 운보다는 말년 운이 더 중요하다는 아버님 말씀에 절대 공감을 한다. 사실 난 이런 말씀을 해주신 아버지에게 감사드린다. 초년 시절 나의 삶은 정말 우울했고, 어른이 되어 철들지 않고 늘 재미나게 살고자 노력했던 가장 큰 이유는 불운했던 어린 시절에 대한 보상 심리 덕분이니까.

아버지는 평생 학교 선생님으로 사셨는데, 직업 정신이 투철하신 건지 천직을 만나신 건지, 집에서도 학교에서도 늘 무서운 '호랑이 선생님'으로 사셨다. 집에서도 만화, 전자오락, TV 모두가 금지였고 걸리면 바로 매타작이었으니 말 다했지.

울산공업고등학교 훈육 주임이던 아버지는 학교에서도 엄하기로 소문이 자자했다. 학창 시절, 어느 날 버스를 탔는데 아버지네 학교 교복을 입은 험상궂게 생긴 학생 셋이 버스에 타서 갑자기 우리 아버지를 욕하기 시작했다.

"아, 오늘 점심시간에 동편 변소 뒤에서 담배 피우다가 ○○(존칭을 생략한 아버지 함자)한테 걸려서 뒤지게 맞았다 아이가."

"야, 그 ○○는 힘도 좋아. 빠따 한 번 맞으면 똥꼬가 헐어서 며칠 의자에 앉기도 힘들다니까."

그 이야기를 듣다 나도 모르게 "풋!" 하고 웃음을 터뜨렸다. 순간 학생 셋의 눈길이 나를 향했다.

"지금 우리 얘기 듣고 웃었나?"

분위기가 험악해졌는데 여기서 잘못 얘기했다가는 죽을 것 같았다. 어떻게 해야 할까? 책에서 배운 대로 했다. 정직이 최선이다.

어려서는 만화를 보다 걸리면 맞고,

오락하다 걸려도 맞았다.

그래서 어른이 되면

만화방, 오락실 주인이 되어

실컷 즐기는 게 꿈이었다.

"실은 그 ○○ 선생님이 우리 아버지거든요. 저도 집에서 많이 맞는데 진짜 장난 아니에요. 집에서나 학교에서나 아버지는 참 여전하시구나 싶어서."

지금 생각해보면 그 학생들은 생김새만 우락부락하고 속은 순둥이였나 보다. 내 애기에 당황하더니 머쓱한 표정으로 다음 정거장에서 얼른 내려버렸다. 순진한 덩치들이 나 때문에 버스비만 더 들었겠구나 싶었다. 그런데 그들이 내리기 전 내게 던진 눈빛은 연민이었을까?

어려서는 집에서 만화를 보다 걸리면 맞고, 오락하다 걸

집에 만화방을 차리지는 못했지만, 일본 만화는 꽤 모았다. 《에반게리온》에 빠져 살다 일본어 공부를 시작했고, 요즘은 원서로 일본 만화를 모으는 게 취미다. '북오프' 같은 중고 서점에 가면 완전판 원서를 2,000원에 살 수 있다. 와, 이렇게 멋진 세상!

려도 맞았다. 그래서 내 꿈은 커서 어른이 되면 만화방 주인, 오락실 주인이 되어 만화와 오락을 실컷 즐기는 것이었다. 요즘 아이들을 보면 참 부러운 게 스마트폰이 있어 언제 어디서나 공짜 웹툰과 게임을 즐긴다. 오늘날에는 누구나 만화방 주인, 오락실 주인처럼 산다. 아이들이 스마트폰에 열광하고 또 중독되는 이유, 세상이 너무 좋아진 탓이다. 내가 어린 시절에 꿈만 꾸던 것이 요즘 아이들에게는 다 손바닥 안 현실이 되었다. 온종일 스마트폰을 들고 노는 아이들에게 이렇게 말하는 부모가 있다.

"어린 시절에 난 너보다 책을 더 읽었어!"

거짓말이다. 우리 어린 시절에는 책 말고는 재미난 게 없었던 탓이다.

TV에 침 바르는 아이

어린 시절, 우리 집 TV는 안방에 있었는데 아버지가 계실 때는 늘 시청 금지였다. 부모님이 외출하실 때는 TV를 못 보게 아예 방문을 잠그고 나가셨는데, 나는 초등학교 때 잠긴 방문을 일자 드라이버로 따는 기술을 익혔다. 역시 궁하면 통하는 법이다. 문틈 사이로 일자 드라이버를 밀어 넣어 자물쇠의 걸개를 살살 옆으로 밀면 잠금장치가 풀렸다. 그렇게 안방 문을 열고 들어가 동생과 몰래 TV를 보다 초인종 소리나 대문 열리는 소리가 나면 TV를 끄고 후다닥 방으로 돌아갔다. 몇 번 그러다 아버지가 무슨 눈치를 채셨는지 외출하고 돌아오시면 TV 뒤에 손을 얹어보셨다. 당시 브라운관 TV는 계속 켜두면 온도가 올라가 따뜻해졌다. 그렇게 TV 본 게 들통 나 또 호되게 맞았다.

그다음부터는 TV를 볼 때 5분에 한 번씩 브라운관 뒤에 침을 발랐다. 액체가 기화할 때 주위 온도를 빼앗아간다는 과학 수업 내용을 응용한 것이다. 외출에서 돌아오신 아버지가 TV에 손을 얹어보았다가 뜨겁지도 차지도 않아 알쏭달쏭한 표정을 지으시던 순간, 어린 마음에 얼마나 가슴을 졸였는지 모른다.

내가 중학생이던 1983년에는 미니시리즈 〈V〉가 방영되었다. 월요일에 학교에 갔더니 다이애나가 쥐 잡아먹는 얘기로 온통 난리였다. 나도 보고 싶었지만 아버지에게 TV 보자고 졸랐다가 호되게 야단만 맞았다. 어떻게 하면 〈V〉를 볼 수 있을까? 고심 끝에 나는 당시 단독 주택이던 우리 집 옥상으로 올라갔다. 옥상 난간 너머로 옆집 거실의 TV 화면이 보였다. 대놓고 고개를 빼고서 남의 집 안을 훔쳐보기 민망해 손거울로 잠망경을 만들어 난간 아래 쭈그려 앉아 옆집 TV를 훔쳐봤다. 화면은 손톱만큼 작게 보였지만 그게 어디냐! 더욱이 평소 라디오를 즐겨 듣다 TV 방송 오디오가 잡히는 채널을 발견했던 터였다. 그래서 옥상에 쭈그리고 앉아 지지직거리는 라디오에 귀를 대고, 난간 위로 뻗은 손거울로 옆집 거실의 〈V〉를 훔쳐보았다.

지금 생각해보면 어린 시절의 강한 금지는 그만큼 강한 유혹이 된다. 내가 어른이 되어 TV를 즐겨 보다 방송사 PD가 된 건, TV를 못 보게 한 아버지 덕이 아닐까 생각해본다. TV 연출이 직업이니 내가 요즘도 어린 시절처럼 목숨 걸고 TV를 볼까? 실은 그렇지 않다. 그 재미있다는 〈1박 2일〉이나 〈런닝맨〉을 한 번도 본 적이 없다. 촬영하느라 밤새도록 모니터 들여다보는 것도 지겨운데 집에서까지 TV를 봐야 한단 말인가.

쉬려고 TV를 켜 드라마나 영화를 보다 보면, 나도 모르

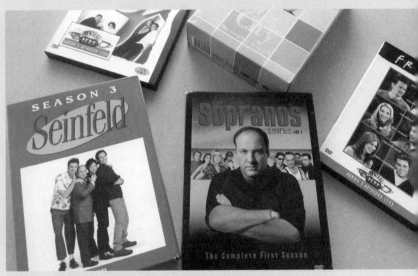

한동안 미국 시트콤이나 드라마 DVD를 모으는 게 취미였다. 어린 시절 〈V〉를 못 본 한, DVD 수집으로 풀었다. DVD에 스페셜 피처(special feature)로 제공되는 메이킹 필름(making film)이나 제작 후기, 촬영장 스케치 등은 드라마 연출 공부를 하는 데 큰 도움이 되었다. 어린 시절 맺힌 한이 어른이 되어 취미가 되었고, 그 취미는 다시 밥벌이가 되었으니, 이것도 아버지에게 감사할 일인가?

게 자꾸 일을 하는 내 모습을 발견한다. '저기서 연출은 왜 풀숏full shot 대신 버스트숏bust shot을 쓴 걸까?' '엔딩 포인트를 둘의 키스 신으로 잡은 작가의 계산은 무엇일까?' 쉬려고 TV 앞에 앉았다가 외려 일하고 있는 꼴이다.

그래서 한동안 내가 즐겨 본 방송은 스타크래프트 중계다. 스타크래프트 중계는 무조건 게임 화면 풀숏으로만 진행된다. 그걸 보며 '저기서 왜 저글링 버스트숏이 안 들어갔

지금 우리 집 거실에는 TV 대신 책장이 자리 잡고 있다. 아이들에게는 TV 시청을 금하고 대신 독서를 권한다. 우리 아이들도 어린 시절의 나처럼 TV를 못 보고 사는데, 아마 PD란 직업을 대물림하게 될 모양이다.

지?' '메딕과 마린의 러브 라인은 어떻게 전개되는 걸까?'를 고민하지 않는다. 정말 마음 편하게 볼 수 있다.

부인! 우리 집 거실 벽에 구멍 뚫어도 돼?

원래 우리 집 거실은 쇼 프로그램 PD의 공간답게 AV 시스템으로 가득한 홈시어터 룸이었다. 대화면 LCD 프로젝터에, 5.1 채널 서라운드 스피커 시스템에, 소니 플레이스테이션, 닌텐도 위, 수백 장의 DVD로 가득한 꿈의 놀이터였다. 물론 이 역시 어린 시절의 꿈을 어른이 되어 이룬 결과였다.

어린 시절 살던 경주에는 시내에 극장이 두 개 있었다. 하나가 대왕극장, 또 하나가 아카데미극장이었다. 그중 대왕극장 사장이 우리 옆집에 살았는데 그 집 아들은 동네에서 인기 최고였다. 〈로보트 태권 V〉의 새로운 시리즈가 개봉하면 친구들을 데려가 공짜로 영화를 보여주고는 했는데, 당시 영화 관람은 엄청난 호사였다. 나는 "학교 선생 아들로 체면이 있지, 남의 집에 신세 지면 안 된다"라고 말씀하시는 아버지 때문에 그 무리에 끼지 못했다. 그래서 또 어른이 되면 극장 주인이 되어야지, 결심했는데 만화방이나 전자오락실 주인에 비해 돈이 많이 들 것 같아 포기했다.

그랬던 내가 어른이 되니 홈시어터가 보급되었다. 집에서도 프로젝터와 스크린만 있으면 대화면을 구현할 수 있고, 5.1 채널 서라운드 스피커 시스템을 구축하면 극장 부럽지 않은 입체 음향을 즐길 수 있는 시대가 된 것이다. 심지어 DVD 같은 저장 매체의 약진으로 서재 한편에 영화 라이브러리를 꾸미는 것 또한 가능해졌다. 어른이 되고 보니 기술과 매체의 발달 덕에 어린 시절의 꿈이 다 이루어지는 세상이 온 것이다. 이런 세상을 즐기지 않을 이유가 없지 않은가!

물론 가정용 홈시어터를 구축하는 작업 역시 만만하지만은 않다. AV 마니아로 살아본 사람은 다 안다(여기서 AV는 adult video가 아니라 audio visual의 준말이다. 오해하면 큰일 난다). 프로젝터, 앰프, 스피커, 서브 우퍼* 등 모든 하드웨어를 하이엔드로 갖추자니 가랑이가 찢어지고, 보급형으로 갖추자니 눈과 귀를 버린다. 결국 나 같은 짠돌이에게 주어진 선택은

> 영상을 확대해서 스크린에 비추는 기기를 프로젝터, 증폭기를 앰프, 확성기를 스피커, 초저음역만을 재생하는 저음 전용 스피커를 서브 우퍼라고 한다.

가격 대비 성능을 최대한 높이는 길인데 이게 또 말처럼 쉽지 않다.

예전에는 프로젝터 기술의 한계로 투사 거리가 충분하지 않으면 100인치 이상의 대화면을 구현하기 어려웠다. 보급형 프로젝터를 샀더니 좁은 거실에서는 투사 거리가 짧아 화면도 작고, 머리 바로 위에서 울리는 팬 소음이 심해 영화를 볼 때 여러모로 불편했다. 유일한 해결책은 소음도 적고 투사 거리도 짧은 고급 기종으로 업그레이드하는 길인데, 돈이 따라주지를 않았다. 한참을 고민하다 묘수가 떠올

기술과 매체의 발달 덕에

어린 시절의 꿈이

다 이루어지는 세상이 온 것이다.

이런 세상을 즐기지 않을 이유가 없지 않은가!

라 아내에게 달려갔다.

"부인! 우리 집 거실 벽에 구멍 뚫어도 돼?"

"갑자기 구멍은 왜?"

"안방과 거실 사이에 벽을 뚫고 프로젝터를 안방에 넣잖아? 그럼 거실 벽 스크린까지 거리가 멀어져서 더 큰 화면이 나오거든. 게다가 뚫은 벽에다 유리로 칸막이를 하면 팬 소음을 차폐하는 효과까지 생기지. 안방을 영사실로, 거실을 관객석으로 만드는 거야! 아이디어 죽이지?"

죽이는 아이디어 냈다가 아내에게 맞아 죽을 뻔했다.

"영화 보겠다고 아파트 벽에 구멍을 뚫어? 네가 제정신이냐, 인간아!"

결국 그 계획은 포기했다. 하드웨어를 업그레이드하는데는 한계가 있으니 나는 소프트웨어 구비에 집중하기로 했다. 사실 아무리 비싼 장비로 홈시어터를 만들어도 볼 만한 타이틀이 없으면 결국 빛 좋은 개살구니까.

일과 놀이, 공부의 삼위일체

2000년 초반에는 홈시어터를 구축해도 DVD나 레이저 디스크 타이틀 구하기가 만만치 않았다. 당시만 해도 국내 출시 DVD도 흔치 않고, 대여점은 전무했으니까. 그래서 다들 미국 아마존에서 온라인 해외 구매를 하거나 해외 출장 가는 편에 부탁해서 사야 했는데 그나마 해외 출시 타이틀은 지역 코드가 안 맞아 DVD 플레이어를 용산에 가져가서 잠금 해제를 해야 하는 불편함이 있었다. 생각해보면 이런 난관과 장애는 오히려 '덕후'들의 가슴을 더 불타게 하는 동기 부여가 아닐까 싶다. 누구나 쉽게 할 수 있는 일이라면 오히려 흥이 나지 않는 법이니까.

무림 비급을 찾아 헤매는 소림 고수처럼 DVD를 찾아 온라인을 헤매다 'DVD zone'이라는 사이트를 발견했다. 가입비나 회비가 일절 없는 동호인 사이트였는데, 운영 방식이 독특했다. DVD 열 장을 기탁하면 회원 가입이 가능하고, 이후로는 매번 다섯 장의 타이틀을 무료로 빌릴 수 있었다. 당시 회원이 200여 명이었으니 DVD 타이틀 열 장만 갖고 있으면 무려 2,000장의 DVD 라이브러리가 완성되는 것이었다.

40대 중반이 되도록 10년간 함께 덕후질을 한 덕에 타이틀도 남고, 추억도 남고, 사람도 남았다.

나는 '소프트웨어 돌려보기로 하드웨어 업그레이드 비용 마련하자!'는 동호회 결성 취지에 환호하며 열혈 회원으로 활동하기 시작했다. 매주 다섯 편씩 영화를 빌려보고 나름의 리뷰나 별점을 올려 다른 이들과 정보 교류도 하고 친분도 쌓았다. 당시 이 사이트에는 타이틀 리뷰란이 있어서 수천 장이나 되는 보유 목록 중

무엇이 볼 만하고, 새로 나온 DVD 중 구매할 만한 건 뭐가 있는지 서로 정보를 교환할 수 있었다. 난 그곳에서 논객으로 활발히 놀다가 다른 몇몇 리뷰어와 자연스레 친해졌는데, 프로젝터 시연회를 겸한 정모라도 열면 무림 고수들이 달려 나와 자신만의 무림 비급을 '시전'했다.

"아파트에서 액션 영화를 보다 보면 집이 흔들려서 난처할 때가 있죠. 이럴 때는 건축 공사장에 가서 버리는 대리석 조각을 얻어 서브 우퍼 아래 바닥에 깔면 스피커 진동도 줄고 저음이 훨씬 단단해져서 좋답니다."

"그런 신공이 있군요. 놀랍습니다."

"저는 아내 몰래 앰프를 하나 새로 샀는데요. 집에 가져가면 쫓겨날까 봐 지금 회사 사무실에 놓고 구경만 하고 있습니다. 스피커랑 아직 연결을 못 해서 소리는 못 들었지만, 보기만 해도 흐뭇합니다."

"저런! 그 아까운 전설의 명기를!"

서로 직장, 출신 지역 및 학교가 다른 30대 아저씨 다섯 명이 모여 '덕질의 끝은 어디인가'로 베틀을 벌이다 의기투합해서 그 자리에서 도원결의를 맺었다.

"여기 모인 5인은 비록 같은 해 같은 달 같은 날에 태어나지는 않았으나, 죽을 때까지 철들지 않기를 바라오니 천지신명께서는 굽어살펴주시옵소서."

DVD 마니아 5인방이 결성된 이유는 새로운 타이틀에 대한 갈증 때문이었다. 당시 소장 가치가 있는 DVD가 매달

134

열 장 정도 출시되었는데 각자 두 장씩 사서 우리끼리 돌려 보는 시스템을 만들자는 것이었다.

그 후 우리는 매달 한 번씩 만나 피 터지는 혈전을 벌였다. 공동으로 구입한 열 장의 타이틀을 놓고, '누가 어떤 영화를 먼저 볼 것인가', '다 보고 난 후, 영구 소장은 누가 할 것인가'를 결정하기 위해 내기를 벌였다. 해적의 배에 칼을 꽂든지, 벌린 악어 이빨을 누르든지 우리의 복불복 게임은 진지하고도 살벌한 분위기에서 진행되었다. 〈반지의 제왕〉 완전판을 뽑은 이는 괴성을 지르며 춤을 췄고 다른 이들은 땅을 치며 아쉬워했다. 나이 40줄에 접어든 아저씨들 다섯이서 호프집 구석에 모여 새 DVD 열 장을 쌓아놓고 난장을 벌인 덕에 눈총도 좀 받았지만 우린 전혀 개의치 않았다.

어쩌랴? 우리는 중년의 '덕후'들인 것을.

이 덕후들이 모인 지도 벌써 10년이 넘었다. 총각이던 누군가는 결혼해서 아이를 낳았고, 직장인이던 누군가는 창업해서 대박을 내기도 했다. 멤버 중에는 항공사 파일럿도 있고, 컴퓨터 회사 직원도 있고, 증권사 프로그래머도 있다. 마니아들끼리 모여 모임을 하다 보니 삶의 둘레가 넓어졌다.

이를테면 이런 것이다. 10년 전 어느 날, 모임에서 새로 나온 '아이튠즈'라는 음악 관리 프로그램 얘기가 나왔다. 무료 셰어웨어인데 음악 라이브러리 관리에 탁월하다는 얘기를 누군가 했고, 그 자리에 있는 모든 사람이 아이튠즈에 대한 찬사를 늘어놓기 시작했다. 정작 예능 프로그램을 연출

인생, 슬쩍 발만 담그고 살지 말자.

그냥 푹 빠져보자.

그래야 남는다.

미친 듯 놀아본 사람에게는 무엇이든 남는다.

그게 경험이 될 수도,

사람이 될 수도 있다.

둘 중 하나만 남아도,

수지맞는 장사 아닌가.

하는 나만 그게 뭔지 몰랐다.

"애플은 맛이 간 컴퓨터 회사 아니에요?"

스티브 잡스의 재림을 그때 알았다.

그 모임이 아니었다면, 내 인생에 아이튠즈나 팟캐스트는 없었을지도 모른다. 실제로 내 주위 드라마 PD들 중에는 조연출이 구워주는 CD로 〈나는 꼼수다〉를 들었던 사람이 있다.

"야, 〈나는 꼼수다〉란 게 인기라는데 그게 뭐냐?"

"아이튠즈로 구독하는 팟캐스트인데요?"

"아, 그러니까 그게 뭐냐고!"

"스마트폰에서 인터넷으로 듣는 라디오 같은 걸 팟캐스트라고 하는데……."

"가서 CD로 구워봐."

이런 식이다.

일반 직장인과 달리 아이어른은 적극적으로 문화를 즐기고 소비하는 이들이라 항상 기술 발전이나 문화 트렌드에서 최전선을 달린다. 대중문화 생산자인 PD로 사는 나로서는, 그들과 함께 놀며 내가 알지 못하는 대중의 취향을 익히는 것이 일, 놀이, 공부의 삼위일체다.

온라인 동호회 활동을 하다 보면 읽기만 하는 사람이 전체 회원의 90퍼센트, 댓글을 다는 사람이 10퍼센트다. 그런데 적극적으로 글 올리는 사람은 10퍼센트 중 1퍼센트도 안 된다. 그걸 보고 마음먹었다. 대한민국 1퍼센트가 되기로.

세상을 지배하는 1퍼센트는 못 되어도, 무언가 미쳐 살며 내가 좋아하는 것을 적극적으로 알리는 1퍼센트는 해봐야지.

대학에 진로 특강을 가면 꼭 해주는 얘기가 있다.

"인생, 슬쩍 발만 담그고 살지 마세요. 그냥 푹 빠져보세요. 그래야 남습니다. 미친 듯 놀아본 사람에게는 무엇이든 남는 법입니다. 그게 경험이 될 수도 있고, 사람이 될 수도 있죠. 둘 중 하나만 남아도 수지맞는 장사 아닌가요. 돈이나 성공은 그다음에 오는 것입니다. 올 수도 있고, 안 올 수도 있죠. 안 와도 그만이라고 마음먹고 그냥 현재를 즐기

몇 해 전 폭설이 내린 해. 전원주택에 사는 회원 댁에서 DVD 마니아 정모를 했다. 마당에 사설 눈썰매장을 만들어 아이들과 같이 썰매를 타며 즐거운 한나절을 보냈다. 요즘 친구처럼 놀아주는 아빠, '프렌디(friend+daddy)'가 대세라는데, 아이어른은 그런 점에서 최고의 '프렌디'다. 왜냐하면 외양만 어른이고 마음은 아직도 아이니까.

며 사세요. 인생 살면서, 즐겼으면 됐지, 더 바라면 과욕 아닌가요."

지 속 가 능 한 덕 후 질

이름은 DVD 마니아지만 우리는 더 이상 DVD 공동 구매를 하지 않는다. 어느 순간부터 DVD 수집이 좀 시들해졌다. 있는 영화라도 확장판 나오면 또 사고, 얼티메이트 에디션ultimate edition 나오면 또 사고 그랬는데, 어느 순간 DVD보다 데이터 전송 속도가 4~5배나 더 빠른 블루레이 디스크가 나오더라. 타이틀을 새로 다 장만해야 할 판이고, 심지어 플레이어나 프로젝터, 스피커까지 모든 하드웨어를 블루레이용으로 바꾸자니 도무지 감당이 안 되었다.

즐기자고 시작한 취미인데 점점 그 노예가 되어가는 게 아닐까? 하드웨어 사양을 신경 쓰고 소프트웨어 구색을 맞추는 데 공들이다 보

난 요즘 다양한 극장 나들이를 즐긴다. 부산국제영화제며, 부천국제판타스틱영화제도 찾아다니고, 영화 잡지를 뒤져 여성인권영화제나 SF영상축제도 찾아다닌다. 멀티플렉스를 찾아 흥행작을 챙겨보며 대중의 취향을 알아보고, 아트하우스 모모나 아트나인 같은 예술 영화 전용관을 찾아 마니아로서 나의 취향을 더욱 버린다. 최근 발견한 곳은 상암동 시네마테크인데, 아마 늙어 은퇴한 후에는 여기서 죽치고 매일 매일 무료 관람을 즐길 것 같다.
"이보게, 여기가 내 전용 홈시어터야."
지속 가능한 덕후질은 결국 돈 한 푼 안 드는 취미 생활이 아닌가.

니 영화를 보는 즐거움은 줄어든 느낌이었다. 영화는 원래 극장에서 봐야 제맛인데, 그걸 굳이 집에서 보겠다고 스트레스받는 게 무슨 의미일까.

얼마 전 스페인 여행을 다녀왔는데 그라나다에서 어느 교민을 만나 이런 이야기를 들었다.

"스페인 사람에게 재산이 얼마냐고 물어보면 이제까지 모은 돈을 얘기하지 않아요. 대신 평생 자기 자신을 위해 쓴 돈을 말해줍니다."

어려서 에리히 프롬의 《소유냐 존재냐》라는 책을 읽고 큰 감명을 받은 후, 소유를 늘리기보다 존재를 살찌우는 것이 더 중요하다고 믿었는데 살다 보니 어느새 나도 수집광이 되어 있었다. 그래서 나는 다시 영화광으로 돌아가기 위해 DVD 수집을 그만두었다. 아무리 비싼 홈시어터라도 극장 시스템은 절대 못 따라가고, 영화는 원래 극장에서 봐야 제맛이다.

머리 허연 중년 변태의 커밍아웃

나는 '에바' 덕후다. 〈에반게리온〉이라면 벌써 대여섯 번을 보았는데, 아직도 에바라는 이름만 들으면 가슴이 두근댄다. 1995년에 대여점에서 처음 비디오로 접했을 때는 그냥 로봇 만화 영화인 줄 알고 집어 들었다가 완전히 빠져버렸다. 1997년에 일본에서 첫 극장판이 개봉했을 때엔 동경 신주쿠에 있는 영화관을 찾아 '신세기 에반게리온 극장판' 〈신세기 에반게리온-데스 & 리버스〉를 보며 열광했다. TV판을 재편집했을 뿐인데도, 그 구성이 참 놀라웠다. 네 명의 주인공을 현악 4중주의 악기로 나눠 소개하는 아이디어라니, 역시 '가이낙스(에반게리온 제작사)'는 덕후들 홀리는 방법을 안다.

방송에서는 이상하게 끝을 맺더니 극장에서 진짜 마지막 회라며 〈신세기 에반게리온-엔드 오브 에반게리온〉을 개봉해 수입을 꽤 올린 가이낙스는 정식 DVD 발매 이후에도 기존 TV판에 음향 더빙만 5.1 채널로 바꿔서 리뉴얼판이라며 DVD를 또 팔았다. 온갖 피겨니, 컬렉터스 아이템이니 하는 걸로 이미 지갑이 가벼워진 덕후들의 주머니를 탈탈 털더니 급기야 얼마 전에는 아예 새로운 극장판을 만들었다.

〈에반게리온: 서〉때만 해도 그랬다. '음, 역시 그냥 CG만 보강한 재개봉판인 거지? 그런다고 내가 속을 줄 알아?' 하면서도 극장 가서 넋을 놓고 봤다. '음, 그래도 다시 보니 또 좋군. 역시 에바야.' 그러다 〈에반게리온: 파〉를 보고는, '뭐야, 새로운 인물이 들어왔네? 그리고 에바도 하나 늘었어? 헐! 대박~'. 그러다 작년에 나온 〈에반게리온: Q〉의 예고편을 보고는 완전히 낚이고 말았다. '뭐야, 심지어 네르프 말고 새로운 비밀 조직이 나온단 말이야? 그럼 이건 또 안

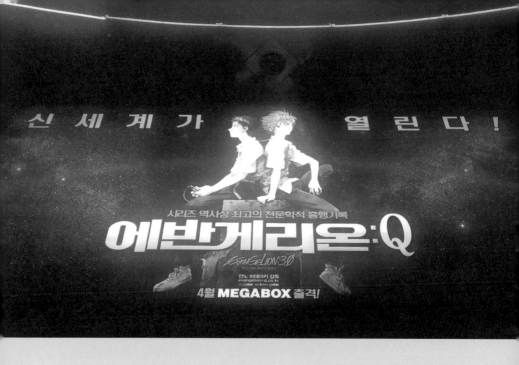

볼 수가 없잖아!' 덕후란 이렇게 단순하다. 첫사랑 그녀라면
속고 속고 또 속아도, 또 넘어갈 만반의 준비가 갖춰져 있는
호구인 것이다.

한번은 이런 적도 있다. 지난 두 편의 에바 극장판 국내
개봉 성적이 별로라 〈에반게리온: Q〉는 극장 개봉을 하지
않고 바로 DVD로 발매될 수 있다는 소식에 심각하게 고민
을 했다. '이걸 극장에서 보기 위해 일본까지 가야 하나?' 그
런데 우연히 극장 나들이를 갔다가 〈에반게리온: Q〉 한국
개봉을 알리는 포스터를 보았다. 만세!

두근두근 설레는 마음으로 상영관 입구로 향하다 표를
받는 여직원을 보고 그만 가슴이 덜컥 내려앉고 말았다. 그
녀는, 그녀는…… 〈에반게리온: Q〉의 포스터 시안이 그려진

티셔츠를 입고 있었다! 표를 내밀다 말고, 나는 문득 멈춰 그 티셔츠를 쳐다봤다. 정말이지 티셔츠에서 눈을 뗄 수가 없었다. '아, 탐난다……. 정말 갖고 싶다……. 어떻게 하면 티셔츠를 득템할 수 있을까?' 순간 여직원이 놀란 듯 손으로 가슴을 가렸다. 허걱! 순간 완전 당황했다. '오해했구나! 중년 변태인 줄 알고.' 어설프게 웃으며 상황을 수습했다.

"놀라지 마세요. 그냥 〈에반게리온〉 광팬이라서 그래요."

갑자기 분위기 급악화! 그녀는 사색이 되었다. 아, 머리 허연 중년 변태의 커밍아웃이라니, 이 웬…….

집에 와서 그 얘기를 했더니 아내가 뭐라 그러더라.

"어이구, 언제 철들 거야!"

아내에게는 미안하지만, 난 아마도 당분간 쉽게 철들지 않을 것 같다. 에바 포스터만 봐도 가슴이 설레고, 에바 티셔츠를 보면 극도로 흥분하는…… 응?

당분간 철들고 싶은 생각 없음

영원한 청춘 멘토, 주철환 PD의 책《더 좋은 날들은 지금부터다》를 보면 이런 말이 나온다.

"오늘은 내 생애에서 가장 젊은 날이다."

맞다. 남은 인생 중 오늘이 가장 젊은 날이다. 고로 난 오늘 내가 젊을 때 할 수 있는 일은 다 해볼 것이다. 하루라도 더 늦기 전에 오늘을 즐긴다는 각오로 평생을 버티고 싶다. 남 눈치 안 보고 언제까지나 좋아하는 일만 하며 살고 싶다.

물론 '40대 중반을 훌쩍 넘긴 나이에 이렇게 철없이 살아도 될까?'와 같은 고민이 있는 것은 사실이다. 그러나 최근에 책을 한 권 읽었는데, 그 속에서 철없는 어른을 위한 희망을 찾았다. 《밝고 긴 미래 A Long Bright Future》에서 저자인 로라 카스텐센 스탠퍼드 대학교 교수는 지난 100년 사이 인류의 수명은 30년이 늘었다고 말한다. 이는 인간의 생활 방식과 문명에 엄청난 변화를 가져올 것이라 한다.

평균 수명 60세란, 30세 이전에 결혼해서 아이를 낳고, 그 아이가 다시 커서 자신의 가정을 이루면 부모 세대가 세상을 떠난다는 뜻이다. 즉 《이기적 유전자》에서 말했듯이 인간의 삶은 개체 유전자를 다음 세대에 물려줄 수 있도록 진화했고, 그 결과 인간의 적정 평균 수명은 60세가 되었던 것이다. 자신이 가정을 이루기 전까지 부모의 보호하에서 30년, 자신의 가정을 이룬 후 아이를 돌보는 데 30년. 즉 아이로 30년, 어른으로 30년 살았던 것이 평균 수명 60세 시대의 삶이다.

그런데 이제 인류는 문명과 기술의 발달 덕에 기대 수명 30년을 보너스로 받게 되었다. 아이가 자라 독립한 후, 심지어 일을 그만두고 은퇴한 후에도 30년을 더 사는 것이다. 고령화 사회에 대해 노인 복지 부담이나 노인 의료비 부담, 연남은 인생 중 오늘이 가장 젊은 날이다.

고로 난 오늘

내가 젊을 때 할 수 있는 일을

다 해볼 것이다.

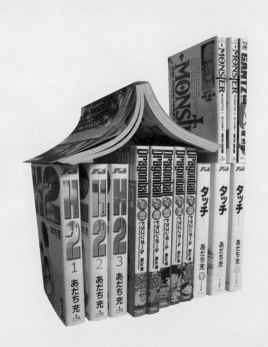

금 예산 파탄 등 우려를 표하는 이도 많은데 과연 이게 우리에게 '밝고 긴 미래'란 말인가? 수십 년간 인류의 장수에 대해 연구해온 카스텐센 교수는 30년의 수명 연장은 우리에게 주어진 최고의 선물이라 말한다.

물론 그 선물을 제대로 즐기기 위해서는 변화가 필요하다. 먼저 기존의 인생 계획, 즉 25세까지 교육, 55세까지 노동, 이후 은퇴라는 단조로운 삶의 과정에서 탈피해야 한다. 산업과 기술의 발달이 너무 빨라 앞으로는 10대나 20대에 배운 기술로는 직장에서 30년도 버티기 어렵고, 50세에 은퇴해 40년을 소득 없이 사는 것도 괴로운 일이니 앞으로 인류에게는 호기심을 잃지 않고 30~40대에도 수시로 배우고, 늙어서도 꾸준히 새로운 재미를 찾아 오래오래 놀듯이 일하는 자세가 필요하다.

1990년대 초반에 대학을 졸업한 난 운 좋게 취직을 했지만 직장 생활이 갑갑해 1년 반 만에 그만두고 나왔다. 퇴직금으로 호주 배낭여행을 다녀온 후, 한국외국어대학교 통번역대학원에 진학해 다시 학생의 삶을 살았다. 나이 서른에 장난삼아 예능 PD로 MBC에 지원했다가 덜컥 붙은 후, 딴따라 PD로 즐겁게 살았다. 청춘 시트콤 〈뉴 논스톱〉으로 연출 데뷔해서 시트콤 PD와 시트콤 마니아의 경계를 오가며 살다, 나이 마흔에 드라마에 미쳐 드라마 PD로 전직했다. 나 자신이 드라마 폐인이면서 〈내조의 여왕〉이나 〈글로리아〉 같은 드라마를 만들며 나름 폐인 양산에 앞장서

기도 했다. 그러다 2012년 MBC 파업 때는 노조 부위원장으로 선봉에 섰다가 정직 6개월의 중징계를 받기도 했으니 나름 파란만장한 삶을 살고 있다. 첫 직장을 그만둘 때나 나이 마흔에 이직할 때, 40대 중반에 노조에 투신할 때 주위에서 늘 이렇게 말했다.

"도대체 넌 언제 철들래?"

앞서 말했듯이 난 당분간 철들고 싶은 생각이 없다.

90세까지 사는 시대다. 30세까지는 아이로, 60세 이후로 어른으로 산다면 30세에서 60세 사이 이 30년 동안은 '아이어른'으로 살아도 되지 않을까? 내 나이 마흔일곱, 난 요즘도 새벽에 학원에 나가 대학생들과 머리를 맞대며 중국어를 공부하고, 저녁에는 20대 청춘들 틈에서 라틴 댄스를 배우며, 매년 한 번씩 훌쩍 배낭여행을 떠난다. 3년 전에는 인도와 네팔, 재작년에는 라오스, 작년에는 스페인, 여행의 즐거움은 한 번도 놓치고 사는 법이 없다. 20대에 가장 즐거운 기억이 배낭여행이었는데, 그 재미난 것을 아저씨가 되었다고 포기하고 살 수는 없지 않은가?

나는 정작 대한민국 중년 남자들이 즐기는 술, 담배, 커피, 골프, 이런 것들은 전혀 하지 않는다. 그럼 무슨 재미로 사느냐고 묻는데, 세상에는 재미난 게 무척 많다. 독서, 여행, 영화 감상 등등. 한때 서른 살에 죽기를 꿈꾼 적도 있지만 요즘 나의 목표는 최대한 오래 사는 것이다. 어린 시절 꿈만 꾼 극장 주인의 삶이 나이 서른에 홈시어터로 가능해졌

공짜로 모아온 여행 안내 책자들. 어렸을 적에는 그저 꿈같던 일들이 현실로 이뤄지는 세상이다. 지금 꿈꾼 일들이 훗날 이뤄지는 모습을 보려면 무조건 오래 살고 볼 일이다. 그래서 난 요즘 등산과 트레킹으로 체력을 다진다.

다. 지금은 꿈같은 많은 일이 30년 내로 다시 현실이 될 테니 일단 최대한 오래 살고 볼 일이다. 그러기 위해 나는 술, 담배, 커피를 멀리하고 등산과 트레킹으로 체력을 다진다. 요즘은 틈만 나면 북한산 둘레길, 청계산 둘레길을 걷는데, 트레킹을 즐기는 데 드는 돈이란 오로지 전철 푯값이 전부다. 그래서 난 65세 나이가 기다려진다. 전철 요금이 공짜가 되는 그날 말이다.

　이렇게 죽을 때까지 지속 가능한 덕후질을 멈추지 않는 것, 바로 그것이 내 꿈이다.

다시 태어나도 이 길을!

'어떻게 살 것인가'를 고민하던 사춘기 고교 시절, 사법 고시를 준비하던 외삼촌이 읽어보라며 권해준 책이 있다. 《다시 태어나도 이 길을》이라는 제목의 사법 고시 합격 수기였다. 목숨 걸고 공부해서 사법 시험에 패스한 이들의 감동적인 이야기가 가득했는데, 어린 나는 그 책을 읽으면서 고개를 갸우뚱했다. 천신만고 끝에 사법 시험에 합격한 사람들이야 다시 태어나도 그 길을 가겠다고 하겠지만, 죽도록 고생만 하고 떨어진 사람도 똑같이 말할 수 있을까? 20대 청춘은 인생에서 가장 즐거운 시기인데 그 세월을 희생하고 아무것도 얻지 못했다면 인생에서 그만한 손해가 또 어디 있겠는가.

얼마 전 〈나인: 아홉 번의 시간여행〉이라는 드라마를 재미있게 봤다. 주인공이 시간 여행을 통해 과거로 돌아가 자신의 인생을 바꾸는 이야기다. 난 그 드라마에 푹 빠져 지내다 문득 스스로에게 물어봤다. '과거로 돌아가 내 인생을 바꾼다면 무엇을 바꿔야 할까?' 한참을 고민해봤는데, 없었다. 다행이다. 정말 다행이다.

스무 살 이후, '나는 지금 이 순간을 즐기고 있는가?'를 물으며 매 순간 최선을 다해 살아왔다. 내 나이도, 주위의 시선도 신경 쓰지 않고, 그저 나만의 즐거움을 추구하며 살았다. 나 자신의 취향에 충실한 삶을 산 결과 SF 번역가에, 시트콤 PD에, 드라마 PD까지 다양한 직업을 얻을 수 있었다.

군이 그런 직업을 얻지 않았다 해도 SF 마니아에, 시트콤 광팬에, 드라마 폐인으로 사는 순간이 즐거웠다고 자부할 수 있다. 삶은 희생을 통해 얻어지는 특정한 결과가 아니라, 그저 매 순간 즐기는 과정이라고 믿기에 난 이제야 자신 있게 말할 수 있다.

"다시 태어나도 이 길을!"

덕후로 살 수 있어 다행이다.

아이어른으로 살 수 있어 정말 다행이다.

어른들의
취미 생활

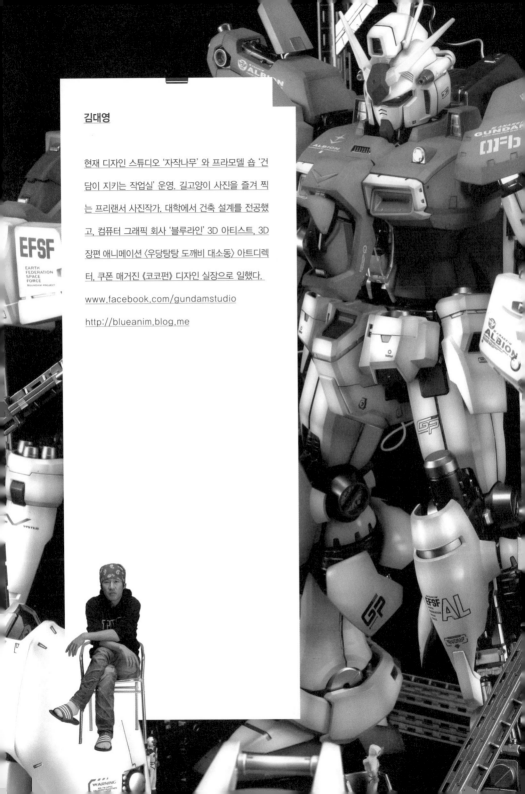

김대영

현재 디자인 스튜디오 '자작나무'와 프라모델 숍 '건
담이 지키는 작업실' 운영. 길고양이 사진을 즐겨 찍
는 프리랜서 사진작가. 대학에서 건축 설계를 전공했
고, 컴퓨터 그래픽 회사 '블루라인' 3D 아티스트, 3D
장편 애니메이션 《우당탕탕 도깨비 대소동》 아트디렉
터, 쿠폰 매거진 《코코펀》 디자인 실장으로 일했다.

www.facebook.com/gundamstudio

http://blueanim.blog.me

어른들의 취미 생활

곰곰이 생각해보라. 살면서 잊고 지냈던 것은 없는지. 잊고 지냈던 것을 깨닫거나 그것을 찾는 순간 달라 보일 세상이 무척이나 궁금하지 않은가?

"형, 저 프라모델 숍을 열어볼래요."

"응? 숍이라면 가게인데…… 너처럼 여기저기 돌아다니는 걸 좋아하는 녀석이, 가게를 비우지 않고 자리를 지키며 운영할 수 있겠어?"

"내가 가게를 못 지키면, 그럼 건담이 지켜주겠죠, 뭐~."

의외로 시작은 간단했다

대학에서는 건축을 전공했다. 건축을 전공했던 내가 선택한 첫 직장은 컴퓨터 그래픽 회사였다. 3D로 특수 효과 영상을 만드는 회사였는데, 당시 나는 프로그램을 다루는 것은 물론 컴퓨터를 켜고 끌 때조차 땀 뻘뻘 흘리던 컴맹이었다. 그럼에도 이 회사를 선택한 이유는 간단했다. 꿈꿀 수 있는 기회를 주었기 때문이다.

당시 내가 가졌던 꿈은 재미있는 상상들이었다. 몽상가의 꿈처럼 이런저런 상상들 말이다. 대학 시절에는 상상할 수 있다는 면에서 건축 설계를 아주 좋아했지만, 시간이 지날수록 더 다양하고 제약 없는 상상들이 하고 싶었다. 컴퓨터 조작은 미숙했지만 이 회사를 다닌다면 내가 꿈꾸던 즐거움에 조금 더 가까워지리라는 확신이 들었고, 그래서 조금의 망설임도 없이 취업을 결정했던 것이다.

출근한 첫날부터 며칠 동안은 집에도 가지 못하고 콘티 작업이라는 것을 했다. 그날 처음으로 콘티가 무엇인지, 왜 필요하고 중요한 작업인지를 배웠다. 밤을 새워가며 며칠 동안 수없이 그리고, 색칠하고, 버리고를 반복했다. 한 번도 해본 적 없는 작업을 의욕만으로 해야 했다. 그런데, 즐거웠다. 회사 일이 이렇게 즐거워도 되나 싶을 정도로 즐거웠다. 회사 일이 취미가 될 수 없는 건 그 일이 즐겁지 않기 때문이다. 일방적으로 지시가 내려지고 따라야 할 종류의 일이라면 더욱 그렇다.

입사 후 반년이 지났을 무렵의 어느 날, 대표님에게 조심스레 물어보았다.

"아무것도 모르는 저를 왜 뽑았나요?"

대표님은 웃으며 이렇게 대답했다.

"너의 낙서들이 마음에 들었다. 그리고 그걸 들고 올 생각을 한 네가 다른 사람들과는 달라서 좋았다."

면접 때 가져간 내 포트폴리오는 건축하면서 그린 설계도와 스케치, 모형 사진, 낙서, 틈틈이 찍은 풍경과 사람의 사진들이었다. 제대로 된 이력서도 없었고 포트폴리오라고 준비한 것은 그게 전부였다. 전부 내가 좋아하고 즐겼던 것들이었다.

첫 번째 직장 이후 CF, 게임, 3D 만화 영화, 출판, 브랜드 로고 디자인, 웹사이트 제작 등 다양한 분야의 직장을 거쳤다. 그러다 보니 어느덧 사회에 첫발을 내디딘 지도 15년이 훌쩍 지났다. 지금은 디자인 스튜디오 '자작나무'를 운영하는 기획자 겸 디자이너다. 디자인에 관련된 대부분의 일과 광고 기획이 주된 업무다.

디자인 스튜디오를 반으로 쪼개 한쪽은 사무 공간으로 사용하고 한쪽은 '건담이 지키는 작업실'로 사용한다. 건담이 지키는 작업실에서는 완성된 건담을 전시하고, 도색하는 방법을 강의하며, 도색 의뢰 작업 그리고 프라모델과 피겨 판매를 하고 있다.

이제 건담이 지키는 작업실도 나에게 또 새로운 의미의 일이 되었다. 작업실을 운영하면서 놓치고 있던 문제점도 하나둘씩 수면 위로 떠올랐다. 자금 문제, 새로 들여올 건담 선정, 스프레이 부스 운용, 작업 일정 조율, 작품 디스플레이……. 사소한 것부터 큰 것까지 고민거리가 계속 쌓여가고 있다.

그런데, 즐겁다. 이런 문제들을 하나씩 해결해나갈 때 즐겁고, 계획한 방향으로 조금씩 흘러가는 게 즐겁다. 그동안 나는 무슨 일을 하든 정말 즐겁게 보내려고 늘 노력했고, 실제로 즐거웠다. 일에서 오는 적당한 스트레스와 긴장감도 즐거울 수 있다는 사실을 작업실을 통해 다시금 새롭게 느낀다.

그들의 반응은 대체로 이러했다

세월이 흐르는 동안 이미 많은 일을 경험했다. 지금도 이것저것 여러 일을 벌려놓았음에도 또 새로운 일을 궁리하고 있다. 틈틈이 찍어온 길고양이 사진을 엽서책으로 만들고 사진 전시회도 준비 중이다. 야구가 좋아서 사회인 야구단 '무브먼트'를 창단했고 지금은 어서 날이 풀리기만을 기다리고 있다. 건담이 지키는 작업실의 시작도 그러했다.

건담이 지키는 작업실은 2011년 7월 서울 마포구 연남동에서 처음 선보였다. 알다시피 연남동은 꽤나 북적이는 동네다. 예전에는 그저 얼기설기 얽혀 있는 집과 골목을 드나들던 이들만의 동네였던 연남동이 점점 변하고 있다. 건담이 지키는 작업실 주변으로 카페와 책방, 작은 공방들, 천가게, 미니 갤러리 그리고 저마다 특색을 가진 조그마한 술집들이 꽤 많이 생겼다. 가끔 동네 나들이를 할 때면 왜 저가게들은 이 한적한 동네 골목에 자리 잡은 걸까 궁금했다. 하지만 요즘 들어 방송으로 연남동이 자주 소개되고, 우후죽순 생기는 게스트하우스의 영향으로 연남동이 홍익대학교 주변의 명소가 되어가고 있다. 그리고 그 가운데 건담이 지키는 작업실이 있다.

그해 여름에 작업실을 열어서 벌써 두 해를 넘겼다. 애초에 손익 계산을 따져가며 장사를 잘할 목적으로 운영할 생각은 아니었다. 건담에 미쳐 있었던 것도 아니었다. 그런데

신기하게도 지금의 나는 작업실을, 그것도 건담 작업실을 운영하고 있다. 중·고등학교 시절에 무슨 내용인지도 모르면서 보았던 애니메이션의 주인공 중 하나가 바로 건담이었다. 아마 그때가 건담과의 첫 만남이었던 것으로 기억한다.

건담 작업실이 문을 연 그해, 홍익대학교에는 북새통이라는 자주 드나들던 만화 도매점이 있었다. 그 서점의 한쪽 공간에서 건담을 팔았다. 그런데 어느 날 서점의 건담 숍이 철수한다는 이야기를 들었다. 위탁 판매의 형태로 서점에서 건담을 팔았던 모양인데, 어떤 이유에서인지 더 이상 위탁 판매를 하지 않기로 했다는 것이다. 그때만 해도 '그래, 건담은 장사가 잘 안 되어서 그럴 거야'라는 단순한 생각과, '그래도 재미있는 공간이었는데 아쉽네'라는 생각을 했었다. 그런데 며칠 후 그곳에 건담을 위탁했던 사람이 후배의 친구라는 사실을 알게 되었다. 잠시 잊었던 건담에 대한 기억이 떠올라서였을까? 곧바로 후배를 통해 그 친구에게 왜 위탁 판매를 철수하는지, 그곳에 있던 건담들은 어떻게 되는지, 어떤 조건으로 운영해왔는지 등등을 물어보았고, '내가 대신해볼까?'라는 생각을 했다. 그리고 그 고민은 그리 오래가지 않았다. '한번 해보면 어떨까?'라고 처음 생각했던 그날, 몇몇의 친구와 상의했다. 그리고 바로 다음 날 결정을 내려버렸다. 마치 무언가에 홀린 것처럼 말이다. **그동안 잊고 지내던 아주 오래전 친구를 우연히 다시 만나면서 함께 있으면 즐거웠던 기억과, 다시 그 친구와 함께라면 뭔가 재미있는 일들이 벌어지지 않겠냐는 이상한 믿음에 홀린 것이다.**

사실 나는 신중한 성격을 지녔다. 쉽사리 판단하고 결정 내리지 않는 편이다. 그렇다고 나밖에 모른다거나 고집불통은 아니다. 혼자 있는 것을 즐기지만 누구와도 잘 어울린다. 그런 내가 뜬금없이 프라모델 숍을 운영해보겠다고 했을 때 주변 사람들은 모두 의외라는 표정을 지었다. 그들이 보았을 때 디자인 사무실과 장사라는 조합이 어울리지 않았고, 하필 장사를 해도 돈도 잘 벌 수 없는 아이템이었기 때문이다.

"네가 가게를 차린다고?"라는 비웃음의 대꾸, "디자인 작업은 안 할 거야?"라며 하던 일에 대한 싫증을 염려하는 반응도 있었다. 프라모델이 대박 날 아이템은 아니라며 걱정하는 이도 있었고, 형편없을 것 같은 내 장사 솜씨를 적정하는 이도 있었다. 대부분 얼마 못 갈 거라며, 그래도 이왕 할 거면 대로변 같은 목 좋은 곳에 가게를 차리라고 주문했다. 아주 소수만이 "너답다. 재미있을 것 같다"며 격려해주었다.

당시 내 머릿속에는 '그래, 시작만 하면 어떻게든 꾸려가겠지'라는 막연한 생각이 있었다. 이 막연함은 프라모델 숍이 단순히 장난감을 파는 가게가 아니라 물질로는 환원할 수 없는 그 무언가 있는 곳이라는 생각에서 기원했다. 다행히 지금 2년이 지나도록 매일 건담이 지키는 작업실의 문이 열린다. 막연한 생각은 아직도 실체를 붙잡지 못하고 부유중이지만 그것이 무엇인지는 조금씩 알 것 같다.

늘 아무것도 하지 않을 자유를 꿈꾼다

매주 화요일은 건담이 지키는 작업실의 정기 휴무일이다. 연중무휴를 외치며 2년 가까이 운영했는데 사무실과 작업실을 병행하려니 힘들었다. 그래서 얼마 전부터 일주일 중 하루는 쉬기로 했다. 물론 디자

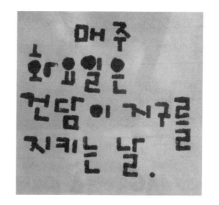

인 작업을 하는 스튜디오는 일이 있으면 화요일에도 열심히 작업하지만 말이다.

진행하던 디자인 작업이 끝나 모처럼 여유로운 화요일, 금세 잠이라도 들 것처럼 늘어지는가 싶었는데 그만 벌떡 일어났다. 커피잔을 들고 불 꺼진 작업실의 스위치들을 하나둘씩 켰다. 평소 같았으면 낮에는 불을 켜지 않아도 충분히 밝은데 오늘따라 비가 와서 그런지 많이 어두웠다. 작업실을 둘러본다. 약간의 시너 냄새. 조금 어질러진 작업대. 성동이가 의뢰를 받아 작업 중인 건담들. 넘치기 일보 직전인 쓰레기통.

작업실에서 일어나는 행동 패턴들은 복잡하지 않다. 이야기를 나누고, 둘러보고, 작업을 하고 그리고 구매도 한다. 사실 어느 것 하나 소홀히 할 수 없지만 효율적 작업 공간을 건담이 지키는 작업실의 용도 1순위로 정했다. 작업을 열심히 하면 나머지 것들은 자연히 따라온다는 확신이 생겼기 때문이다. 그런 이유로 올해 봄부터 중앙의 상품 진열대를 포기하고, 대신 큰 작업 테이블 두 개를 들여왔다. 도색 작업 시 발생하는 시너 냄새를 없애기 위해 환풍기 두 개를 추가로 설치한 것도 그때쯤인 것 같다. 이리저리 뒹구는 각종 작업 도구(니퍼, 아트나이프, 여러 종류의 사포 등등)는 물론이고, 부품을 자르고 남은 런너,* 도색 시 착용하는 마스크, 시너와 도료를 섞은 각종 색깔의 도료 통들, 작업대 위에 펼쳐진 설명서들……. 이런 상황이다 보니 조금만 신경을 쓰지 내가 생각하는 키덜트는 꿈꾸는 사람이다.

키덜트란 단순히 어른과 아이의 조합으로 이루어진 단어가 아니다.

키덜트는 꿈을 포기해버리거나 잊어버리는 것에 관대하지 않은 사람이다.

않으면 작업실의 풍경은 그야말
로 포탄이 터져 엉망진창인 전쟁
터를 떠올리게 한다. 그래도 어질
러진 작업실이 어색하지 않은 건
그런 잔해야말로 그만큼 치열하
게 무언가를 찾고 있다는 증거이
기 때문이다.

부품이 매달린 플라스틱 뼈대를 런너라
고 한다.

　　문이 닫힌 화요일의 작업실은 숨소리도 들릴 만큼 고요
하다.

　　작업실의 빈 의자에 앉아 창밖을 바라보며 멍하니 있었
다. 밖은 비가 내렸다. 커피를 내려 마시면서 중얼거렸다. 오
늘은 아무것도 하지 않는 날이다.

꿈 과 키 덜 트

키덜트가 뭔지 알아? 몇몇 동생에게 이런 질문을 해본 적
이 있다.

A : 음⋯⋯. 애어른? 아니다, 어른아이인가?
B : 어릴 적 취미를 아직도 가지고 있는 사람이 아닐까요?

　　어릴 적에는 누구나 꿈을 가지고 있다. 그 꿈은 대부분

시간이 지나면서 자연스럽게 바뀌거나 소멸한다. 혹은 드물지만 그 꿈을 이루기 위해 오늘도 치열하게 살아가는 이 또한 있다. 내가 말하고 싶은 꿈은 단순히 장래 희망이 아니다. 예를 들면 '강아지가 좋아요', '파란색이 좋아요', '바다가 좋아요'와 같은 정말 좋아하는 것들에 대해 이야기하는 것이다.

어릴 적 나의 꿈은 그저 내가 좋아하는 것들의 나열이었다. 이것도 좋고 저것도 좋고 그러다 싫증도 내고. 별것 아닐 수 있고 구체적이지 않은 것들이 대부분이었다. 좋아해서 오랫동안 잊고 싶지 않은 것들. 그래서 계속하고 싶었던 것들. 싫증 나서 버리게 될지라도, 설령 그런 때가 와도 잊어버리지는 않는 것들 말이다.

훌쩍 시간이 지나 생각해보니 그런 하찮게 보일 수 있는 것들이 바로 내가 가진 꿈이었다. 지금도 그 꿈들은 수시로 변하고, 새로 나타나기도 한다. 아마 앞으로도 그러겠지.

어릴 적 좋아했던 것을 아직 좋아하고, 잊지 않은 어른이 과연 얼마나 될까? **내가 생각하는 키덜트는 꿈꾸는 사람이다. 키덜트란 단순히 어른과 아이의 조합으로 이루어진 단어가 아니다. 키덜트는 꿈을 포기해버리거나 잊어버리는 것에 관대하지 않은 사람이다.** 그런 꿈꾸는 사람과 만나고 싶고, 얘기하고 싶지 않은가? 건담이 지키는 작업실이 바로 그런 얘기들이 오가는 곳이었으면 좋겠다. 항상 되묻는다. 건담이 지키는 작업실은 과연 그런 곳이 될 수 있을까? 꿈을 이야기하는 아지트

가 될 수 있을까?

건담이 지키는 작업실에는 판매 가능한 300여 종의 건담과 완성되어 전시 중인 100여 개의 작품이 있다. 그리고, 완성된 의뢰작들을 보내고 찍어놓은 건담 사진들도 작업 부스 위 한쪽 벽을 차지하고 있다. 의뢰작들은 보관할 수가 없기 때문에 작업이 끝나면 스튜디오에서 사진을 찍어 인화해 남겨둔다. 작업실의 전속 사진작가를 자처한 스튜디오를 운영하는 세영이(얼마 전 첫딸이 태어나 요즘은 항상 싱글벙글이다)의 작품 사진들이다.

전시된 건담들과 작업실을 찾는 친구들의 작품까지 합하면 완성작들은 150여 개가 훌쩍 넘는다. 그중에는 자전거

로 세계 일주를 떠나 지금은 히말라야의 산맥들을 휘젓고
다니는 장수가 맡겨놓고 간 건담들, 밴드 '시베리안 허스키'
의 용운이가 자신이 아끼던 SD건담들을 선물로 준 것들도
있다. 나와는 이래저래 잘 통하는 민호가 실험 정신을 발휘
해 철물점 래커로 도색을 한 건담, 지금은 대학생이 된 성진
이가 방학 때 찾으러 오겠다며 맡긴 스트라이크 건담(이사
를 가서 방학 때 말고는 만나기가 힘들다). 건담이 아닌 2006년
작 애니메이션 〈철콘 근크리트〉의 주인공 피겨를 선물로 가
지고 온 주원이. 작업실에 올 때면 늘 반려견인 따꾸를 데리
고 오는 아트 토이와 식완(식품 완구의 준말로 과자에 사은품처
럼 들어 있는 장난감) 마니아 시우와 승종이의 검은색 유니콘

건담도 있다. 건담이 지키는 작업실은 점점 나만이 아닌 '우리의 공간'이 되어가고 있다. 저마다의 사연과 이야깃거리가 깃든 소중한 물건들로 건담이 지키는 작업실의 한쪽 전시 공간이 하나둘씩 채워지고 있는 것이다. 아직은 건담에 대한 이야기와 정보가 반 이상을 차지하고 있지만 말이다.

그래, 건담이 지키는 작업실은 꿈을 이야기할 수 있는 작업실이고 모처럼의 휴일에 찾아올 수 있는 작업실이다. 손때 묻은 물건이 있는 작업실이며 취미 생활을 자랑할 수 있는 작업실이다. 꼭 건담이 아니어도 상관없다. 요컨대 건담이 지키는 작업실은 함께 꿈을 만들 수 있는 작업실이다. 그리고 난 조금씩 그 꿈에 가까워져가고 있음을 느낀다.

꿈을 만들어가는 하루

커피잔을 들고 작업실을 서성이며, 진열대 위에 이리저리 놓인 건담들을 살폈다. 눈에 밟히는 HG건담* 하나를 집어 들었다. MS-07B-3 GOUF CUSTOM은 〈기동전사 건담〉 애니메이션 MS08소대에 나오던 녀석으로, 2010년 발매된 최근 키트다. 그래! 오늘은 이 녀석을 만들어보자. 이 정도면 서너 시간이면 충분할 테지. 니퍼와 아트나이프를 준비하고 작업대 한쪽에 자리 잡은 뒤 설레는 마음으로 박스를 열었다. 비닐로 포장된 색색의 부품들이 눈에 들어온다. 비닐을 벗고 조립 순서를 생각하며 하나씩 정성스럽게 뜯어낸다. 모처럼 건담과 함께하는 여유로운 시간이다.

건담 프라모델은 HG(high grade, 1/144), RG(real grade, 1/144), MG (master grade, 1/100), PG(perfect grade, 1/60) 등으로 구분된다. 가장 많이 보급되는 것은 14cm가량의 HG다. 비교적 손쉽게 만들 수 있고 가격도 저렴한 편이다. 18cm가량의 MG는 HG보다 조립 난도가 한 단계 더 높으며, 가격도 HG보다 비싼 편이다.

사람들이 여행을 떠나고, 땀이 흠뻑 날 정도로 운동을 하고, 아무도 없는 고요함 가운데 명상을 하는 이유는 뭘까? 복잡한 마음, 지치고 속상한 마음을 달래거나 진정시키기 위해서일까? 아니면 앞만 보고 달려온 스스로를 돌아보기 위해서일까?

난 마음속이 시끄러워지면 마음을 보듬기 위해 여행을 떠나기도 하지만, 될 수 있으면 혼자만의 시간을 갖는다. 건담을 조립하는 순간도 그런 시간 중 일부다. 복잡하고 피곤한 세상을 언제 어디서든 쉽게 잊도록, 마치 여행을 떠난 듯 만들어주는 것이 바로 건담을 조립하는 시간이다. 건담을 조립할 때면 그림을 그리거나, 디자인 작업을 할 때처럼 잘해야 한다는 부담감이 없다. 또 마감을 지켜 결과물을 내야 한다는 부담을 갖지 않아도 된다. 그냥 생각을 멈춘 채 설명서가 시키는 대로 부품을 잘라서 끼워 맞추기만 하면 된다. 무척 쉽고 수고에 비해 효율적인 여행인 것이다. 이 짧지만 작은 여행을 하고 나면 즐겁다. 건담을 조립하는 순간 만큼은 행복하다.

　재미있고 행복하게 살고 싶은 것은 인지상정이다. 그렇다고 일부러 남들과 다르게 살아야 한다고 말하는 것은 아니다. 행복이라는 게 정답이 없기 때문이다. 그러나 "남들도 다 그렇게 하니까 나도 당연히 그렇게 한다"라는 말에는 쉽게 동의할 수 없다. 그 당연한 것에 물음표를 던지면 의외로 행복은 쉽게 찾아온다.

함께 꿈꾸자

아침부터 내린 비는 오후에도 그칠 줄 모르고 계속 내렸다.

만들고 있던 녀석의 머리와 몸통이 완성되었다. 이제 팔과 다리를 조립할 순서다. 이 녀석, 생각했던 것보다 훨씬 더 섬세하다. 부품마다의 조합이 여느 MG건담에 비교해보아도 결코 뒤처지지 않는다.

인기척. 문밖으로 젖은 우산의 빗방울을 털어내는 그림자가 보인다. 성동이다. 지난 주말 공연 준비 때문에 밀렸던 의뢰 작업을 위해 나왔단다. 성동이는 밴드의 기타리스트다. 원래 알고 지내던 사이는 아니었고, 작업실을 시작한 이후 손님으로 만났는데 지금은 작업실을 함께 꾸려가고 있다. 이제 나보다 더 작업실을 아끼는 소중한 동료다.

작업실에는 성동이 말고도 한 명의 스태프가 더 있다. 훈이다. 성동이는 주로 도색 강의와 도색 의뢰를 맡아 하고, 훈이는 나를 대신해 작업실의 살림을 꾸려나간다. 둘 다 건담에 대한 상식과 정보가 뛰어나 고객이 어떤 질문을 하든 막힘이 없다. 이들이 없었다면 아마 건담이 지키는 작업실은 아직 구멍가게 수준을 벗어나지 못했을 것이다.

〈원피스〉라는 일본 애니메이션이 있다. 해적왕이 되려는 선장 루피와 그의 동료들에 대한 이야기다. 개성 강한 그들이지만 동료가 된 순간부터 서로의 부족함을 메워 함께 고난을 헤쳐 나간다. 그들을 한 팀으로 묶을 수 있었던 건 바로 꿈이다. 제각각 꿈이 다르지만 서로의 꿈에 공감해주지 않고서는 그토록 오래, 견고하게 맺어지지 않았을 팀이다. 서로의 꿈을 공유한다는 것. 상상만 해도 얼마나 멋진

일인가! 난 〈원피스〉를 볼 때마다 훈이와 성동이가 떠오른
다. 왜냐고?

지금껏 작업실에서 도색 강좌에 참여한 친구들은 어림
잡아 20여 명 정도다(1년 동안 별다른 홍보 없이 진행한 강좌치
고는 꽤 많은 인원이 참여한 셈이다). 강좌가 끝난 후에도 우리
와 함께 작업하는 친구들 또한 점점 늘고 있다. 꾸준히 도색
의뢰를 주문하는 분도 7~8명은 된다. 그 친구들과 한결같이
얘기한다. 작업실에 대해서, 상대가 꾸는 꿈에 대해서, 우리
가 지향하는 것들에 대해서. 우리들이 갖는 꿈에 동참할 친
구들을 끊임없이 찾는 중이다. 훈이와 성동이처럼, 해적왕
을 꿈꾸는 〈원피스〉의 루피처럼 말이다.

건담 아티스트

오래간만에 건담을 조립하는 내 모습을 보고 성동이가 웃으며 말을 건넨다.

"흐흐. 형, 얼마 만에 건담 작업 하시는 거예요? 바쁜 건 다 끝났어요? 어휴. 전 지금 작업이 밀려서 미칠 것 같아요. 아, 형. 이거 한번 봐줘요. 요번에 이 컬러 진짜 잘 나오지 않았어요? 원래 컬러보다 이게 더 멋지죠? 이번 건 생각보다 엄청 잘 나와서 넘겨주기 아쉬울 것 같아요."

성동이뿐만이 아니다. 의뢰 작품이 완성되어 주인에게 돌아갈 때마다 우린 늘 아쉬움 가득이다.

성동이와는 수시로 건담에 대한 이야기를 한다. 의뢰 작업과 강의와 같은 이야기도 하지만, 대부분은 건담이 지키는 작업실을 통해서 할 수 있는 여러 가지 아이디어에 대한 이야기다. 그리고 그때마다 이야기를 나누며 생각들을 조금씩 다듬어나간다. 작업할 때 써도 좋은 새로운 표현 방법에 대한 이야기, 당장에라도 반다이(건담 제조사)에 제안해도 괜찮을 법한 아이디어도 있다. 우리가 자체적으로 추진하고 진행할 수 있는 여러 아이템은 말할 것도 없다. 그중 한 가지가 건담 아티스트에 관한 이야기다.

그 내용은 이렇다. 건담을 즐기는 개개인이 취미 생활에서 멈출 게 아니라 당당히 아티스트로서 인정받기를 권한다. 인정받은 그들은 건담 아티스트로 불린다. 그들이 건담 작업실을 중심으로 모인다. 그리고 그곳에서 새로운 문화가 만들어진다.

건담 아티스트라는 단어를 생각한 이유 가운데 하나는 사실 내가 키덜트라는 단어를 그리 좋아하지 않기 때문이다. 뭐랄까? 키덜트라는 단어를 들으면 왠지 그들만의 세상에 갇힌 듯한 인상을 받는다. 유행처럼 왔다가 사라질 것 같은 느낌이어서 싫다. 건담이 단순한 장난감이 아니라 꿈을 가진 어른들의 당당한 문화가 되길 바라는 마음에서 생기는 감정이기도 하다. 이미 우리나라에도 꽤 많은 건담 고수가 있다. 그들이 단순히 키덜트 가운데 한 명으로 기억되는 게 난 싫다. 이제는 그들이(나를 포함해서) 그들만의 세상에서가 아니라 모든 대중에게서 인정받기를 기다리고 희망한다.

그런데 왜 건담 아티스트인가?

최근 몇몇 잡지사와 인터뷰를 했는데 자주 받았던 공통된 질문이 있다.

"왜 건담이 좋아요?"

사실 건담이 좋은 것도 있지만, 엄밀히 얘기하자면 '프

라모델이 좋다'가 더 맞는 것 같다. 만드는 행위 자체에 매력을 느낀다면 건담보다는 프라모델이 좋다고 말하는 게 더 정확하기 때문이다. 그래도 건담이 주는 매력은 다른 프라모델에 비해 훨씬 다양하다. 내가 원하는 포즈가 가능하도록 신체의 비율을 가지고 있다는 점. 보이지 않는 부분까지

도 정말 두 손 두 발 다 들게 만들 정도로 섬세하게 제작되었다는 점. 그중에서도 나만의 작품을 만들 수 있다는 점이 으뜸인 것 같다. 같은 키트를 이용해 만들어도 도색 방법이나 컬러 지정에 따라 전혀 다른 형태의 건담이 나온다. 몇 개의 키트를 섞어 만들기도 하고, 없는 부품을 만들어 형태를 바꿔내기도 한다. 배경을 그린 뒤 프라모델을 설치해 애니메이션의 한 장면이나, 상상으로만 그칠 법한 상황을 연출하기도 한다. 그야말로 세상에 단 하나밖에 없는 나만의 작품인 것이다.

　　건담 아티스트. 어쩌면 내가 작업실에서 꿈꾸고 계획하는 모든 생각을 가장 빠르게 이루어줄 수 있는 단 하나의 단어일지도 모르겠다.

낙서 같은 인생

조금씩 빗소리가 줄어든다. 이번 비가 그치면 내일부터는 더 추워질 거라던데……

　　난 성동이의 바쁜 손놀림 속도의 반도 안 되게 여유로운 니퍼질을 하고 있다. 내가 만드는 녀석은 이제 거의 형태가 잡혔다. HG건담인데도 꽤나 정교하다. 다리 상단 부분을 조립하고, 무기만 장착하면 완성이다. 조금 뒤면 깨어날 이 녀석은 생각보다 튼튼해 보인다. 이런저런 자세도 제법 나

남들도 다 그렇게 하니까

나도 당연히 그렇게 한다는 말에는

쉽게 동의할 수 없다.

그 당연한 것에 물음표를 던지면

의외로 행복은 쉽게 찾아온다.

올 것 같다. 근래 만든 HG건담 중에서는 최고인 듯하다. 이런 만족감은 오늘의 짧은 여행이 내게 주는 선물인가?

난 행복을 향해 뛰어다닌다. 행복하지 않을 것들은 가능한 멀리하려고 노력한다(이따금 내 의지와는 상관없이 뛰어야할 때도 있지만 말이다). 꿈을 꾸는 순간만큼은 누구나 행복하다. 그리고 그 행복을 위해서 꿈을 꾼다. 꿈은, 이루었을 때보다 꾸고 있는 순간이 더 행복하기 때문에 훨씬 가치가 있다고 했던가?

살면서 꼭 무언가를 이루어야 한다거나, 반드시 어찌해야 하는 일들, 항상 마음 한구석에 부담을 가지고 해야 하는 일들이 있다. 낙서를 할 때는 별다른 생각을 하지 않았다. 장소도 시간도 종이와 펜 같은 도구에도 별로 구애받지 않는다. 깨끗한 종이가 없으면 지갑 속의 구겨진 영수증이면 오케이. 괜찮다. 좋으면 좋은 대로 마음에 들지 않으면 마음에 들지 않는 대로. 언제 어디서든 부담이 생기지 않는, 가장 마음이 편안한 상태에서의 *끄적거림*. 내게 낙서란 그런 것이었다.

어쨌든 지금의 난 행복하다.

웹을 타고
글로벌
세상으로

김형언 Arnie Kim

홍익대학교 금속공예과를 졸업했다. 졸업 후 TV CF 제작 일을 하다가 자작곡 음반 〈DREAMING〉을 출시하며 음악 활동을 시작했다. 듀오 'Always'를 결성, 드라마와 CF에 노래를 삽입하는 등 음악가로서의 활동을 이어나갔다. 그러던 중 우연한 계기로 어릴 적부터 우상이며 동경의 대상이었던 브루스 리에 대한 열성이 불씨가 되어 피겨를 접하게 되었다. 완구 같은 브루스 리 피겨에 도저히 몰입이 안 되어 무작정 칼을 대었다가 피겨 아티스트의 길로 들어서는 운명이 시작된 것이다. 이후 샌디에이고 코믹콘과 블랙벨트 마샬아츠 페스티벌 초청 전시를 하는 등 피겨 아티스트로서 활발하게 활동 중이다.

웹을 타고 글로벌 세상으로

시 대 와 문 화 적 아 이 콘

나의 어린 시절이던 1970년대는 〈마징가 Z〉, 〈로보트 태권
V〉 등의 로봇 만화나 6백만 불의 사나이, 원더우먼, 슈퍼맨,
이소룡 등이 비슷한 또래들에게 우상이 되거나 자연스레 문
화적 아이콘으로 자리 잡던 시대였다.

　　요즘에는 언제든지 웹상에서 이들의 발자취를 아주 쉽
게 끄집어내어 추억해보는 시간 여행이 가능하다. 그들과
관련된 장난감 모형들도 어렵지 않게 접할 수 있는데, 내가
어릴 때 누나에게 선물 받았던 지.아이.조 G. I. Joe® 군인 인
형이 당시에는 명칭조차 생소했던 액션 피겨라는 장르를

이루고 있는 장난감류라는 사
실도 훗날 인터넷을 통해 알았
다. 액션 피겨의 사전적 의미는
'남자 아이의 군인 인형'이었다
가 최근에는 '영화 등에 나온 영
웅이나 캐릭터 인형'이라고 설

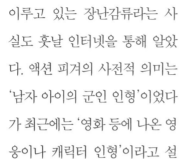

<트랜스포머>와 <지.아이.조> 영화는 이들이 할
리우드 블록버스터 영화라는 것 말고도 또 다
른 공통점이 있다. 바로 영화의 시작이 장난감
이라는 사실. <트랜스포머>와 <지.아이.조> 모
두 로봇 장난감, 군인 인형으로 엄청난 인기를
끈 이후 그 인기에 힘입어 영화로 제작되었다.

명이 보충되었다. 그만큼 피겨라는 것이 서서히 대중에게
다가서고 있고, 방송 등을 통해 종종 언급되면서 얻은 결과
인 것이다.

선물 받은 지.아이.조 군인 인형에 대해 이야기해보자면,
1964년 처음 세상에 선보여진 이 피겨는 각 관절 마디를 구
부릴 수 있어서 원하는 포즈를 자유자재로 표현할 수 있는
30센티미터 정도의 매력적인 인형이었다. 당시 아이들이 가
지고 다니며 놀기 적합한 사이즈로 제작된 바비 인형 계열
과 같은 크기이며 현재의 6분의 1(12인치) 스케일의 액션 피
겨들이 그 명맥을 잇고 있다.

이소룡에 대한 기억

난 어릴 때 <정무문>이라는 홍콩 영화를, 지금은 사라진 우
리 동네 작은 극장에서 보았다. 극장 안은 초만원이었고 많
은 사람이 자리에 앉지 못해 서서 관람해야만 했다. 주인공

역할을 맡은 젊은 배우의 액션과 연기에 나를 비롯한 많은
관객은 완전히 매료되고 있었다. 그 젊고 잘생긴 주인공이
악당들을 통쾌하게 물리치는 장면에서는 엄청난 환호와 박
수가 터져 나왔다. 그가 포효하며 높이 떠올라 총탄 속으로
뛰어드는 마지막 장면은…… 어린 나에게 한동안 충격으
로 머무르며 한 영웅의 이미지로 깊게 각인되었다. 얼마 후
나는 그 멋진 영웅이 이미 세인들에게 들어 익숙했던 이름,
'이소룡'이라는 사실을 알게 되었다.

　난 그날 이후로 쌍절곤을 연마해 동네 친구들에게 가르
쳤으며 양장점을 하던 엄마는 내게 이소룡 바지를 만들어
주셨다. 당시는 스타들의 사진으로 된 브로마이드나 책받
침을 모으던 시절이었다. 학교 앞 문방구에서는 이소룡 사

진 카드들을 팔았고 그걸 소중히 모으고 간직하던 녀석들도 많았다.

TV 혹은 극장을 통해서든 스크린 속에 스타의 모습들은 늘 우리에게 평면 이미지로 각인되어왔으며 그런 우상들을 입체로 감상할 수 있는 기회는 사실상 전무했고 상상조차 어려운 일이었다. 지금까지 전통 방식을 고집해 제작해오는 마담 투소_{Madame Tussauds}[•] 밀랍 인형 박물관의 실물 크기 인형들이 대리 만족을 줄 수는 있겠지만 그 또한 대중들이 쉽게 접할 수는 없다. **내가 처음 이소룡, 그러니까 브루스 리를 조형하기 시작한 이유 역시 어릴 적 마음속 우상의 모습을 입체적으로 접해보고 싶은 열망이 적지 않았기 때문이기도 하다.**

내가 인지하는 브루스 리는 아주 멋지고 잘생긴 황금비의 외모를 지니고 있었다. 그럼에도 그를 형상화한 오브제나 조형 작품 대부분이 조악했다. 또는 그의 모습을 우스꽝스럽게 희화하기도 했다. 독일계 중국인인 그의 어머니의 피를 물려받아 4분의 1 유럽 혼혈인 브루스 리는 동서양의 결합이 빚어낸 이상적인 체형과 얼굴 생김새를 지

마담 투소는 런던에 본점이 있는 밀랍 인형 박물관이다. 설립자는 조각가 마리 투소다. 마리 투소의 어머니는 가정부로 일했는데, 마침 가정부로 일하던 저택이 해부학을 연구하기 위해 밀랍 모형을 만들던 어느 박사의 저택이었다. 그 덕분에 마리 투소는 밀랍 인형 만드는 기술을 배울 수 있었고, 유명인을 모델로 하나둘 밀랍 인형을 만들다가 1835년 영국 런던에 마담 투소라는 밀랍 인형 박물관을 열었다. 이후 여러 나라 대도시에 연달아 박물관을 열었으며, 영화배우나 스포츠 스타, 유명 정치인 등의 밀랍 인형을 만들어 전시하고 있다.

니고 있었다. 그것만으로도 내가 그를 만들어내는 충분한 동기 부여가 됐다.

그즈음만 해도 난 브루스 리의 피겨를 작업해서 사업화하려는 생각은 전혀 하지 못했고 오히려 유명 제작사를 통해 제대로 된 브루스 리 피겨가 출시되기만을 학수고대하는 입장이었다.

그 후 십수 년이 지난 지금, 난 이상적인 브루스 리 피겨 출시를 위해 노력하고 있다.

아날로그와 디지털의 조우

2000년 초부터가 인터넷과 디지털카메라의 본격적인 급성장이 시작된 때가 아닌가 싶다. 200만 화소 정도 되는 디지털카메라로도 충분히 자신을 어필하거나 일상의 기록들을 나름 괜찮은 화질로 웹상에서 공유할 수 있게 된 것이다.

이미 찰떡궁합의 조화를 이루던 디지털카메라와 웹 세상에도 아날로그 작업의 공존이 가능해지며 피겨 커뮤니티 회원들은 자신들이 소장한 피겨들을 뽐내기에 여념이 없었고, 나 또한 내가 작업한 브루스 리 피겨의 사진들을 공개하면서 커뮤니티 회원들의 반응을 즐기는 재미에 푹 빠지게 되었다.

이렇듯 내가 지금껏 브루스 리 등의 피겨를 제작할 수 있었던 건 인터넷과 디지털카메라 그리고 피겨의 삼박자가 잘 맞아떨어진 결과이며 무엇보다 그때부터 지금까지 변함없이 성원해주는 피겨 마니아들이 함께하기 때문이다.

난 2001년부터 내가 좋아하던 시대와 문화적 아이콘들을 피겨로 만들기 시작했다. 2002 한일 월드컵 직후에는 캐리커처 한 차범근, 히딩크 그리고 어린 시절 내게 음악적 감성을 불어넣어줬던 사이먼과 가펑클 등을 조형하는 데 많은 시간을 할애했다. 이유는 단지 내 자신이 즐거워서였다. 물론 그보다 앞서 내게는 늘 브루스 리가 있었다. 당시 브루스 리를 그나마 잘 표현한 피겨가 아트어사일럼에서 나온 4분의 1 스케일(18인치) 액션 피겨였다. 브루스 리 광팬인 내가 이 피겨를 소장했던 건 당연한 순리와도 같았지만, 완구 같은 얼굴에 도저히 몰입이 안 되서 무작정 칼을 대었던 게 피겨 아티스트의 길로 들어서는 운명의 시작이 되었다. 그

때는 어떤 조형 재료와 도구를 사용해야 하는지도 몰랐고, 대학 때 전공이던 금속 공예 주조 작업에서 파라핀 왁스 조형 경험과 고등학생 시절 비누 조각 또는 지점토로 브루스 리의 얼굴을 깎고 빚어 만들어본 게 전부였다. 난 칼로 브루스 리 피겨의 얼굴을 과감히 깎아낸 후, 찰흙 형태를 하고 있지만 모양을 만들면 곧 고체로 변하는 에폭시 퍼티라는 것을 덧붙인 뒤 갈아내가며 브루스 리의 얼굴을 조금씩 조각했다. 지금 보면 허접스럽기 이를 데 없지만 그때는 최선을 다했고 어느 정도 만족스러운 결과가 나왔다. 미술을 전공한 경험을 바탕으로 색칠까지 완성해서 여러 각도로 촬영한 후 피겨 커뮤니티에 올린 일이 마치 엊그제 일처럼 생생할 정도니까.

회원들의 반응은 뜨거웠다. 난생처음 겪어보는 희열이었다. 디지털과 아날로그의 조우가 만들어낸 신문화적 시너지였다. 가수 활동이나 CF 감독 등 여러 일을 했지만 그때에는 느껴보지 못한 굉장한 희열이었고, 그 덕분에 피겨 작업에 대한 열정은 이후로도 계속되었다. 당시 뜻깊은 행사였던 서울 토이 페어 콘테스트에 브루스 리 시리즈와 차범근과 히딩크, 인디아나 존스 등을 출품해 관람객 투표로 두 번이나 압도적인 일등 상을 타보고, 마치 앤디 워홀처럼 내 마음속

194

스타들을 빚어내 대중에게 어필했다. 그렇게 나의 작품들은 웹을 타고 점점 더 바깥세상에 알려졌다.

피겨 아티스트의 길로 들어서다

대학 졸업 후 몸담았던 TV CF 제작 일을 그만두고 음악에 대한 미련이 앞서는 바람에 독집 앨범을 냈다가 접은 후에는 하염없이 백수의 길을 걷던 때가 앞서 이야기했던 시기, 2002년 한일 월드컵 즈음이었다. 당시 생활은 녹록지 않았다. 그나마 분기별로 지급되는 음악 저작권료가 수입의 전부였다. 미래에 대한 그 어떤 설계나 희망도 없는 불투명한 시기였다. 난 늘 컴퓨터 앞에 앉아 하루하루를 보냈다. 그러니까 2000년 뉴 밀레니엄 시대가 도래할 때, 그제야 컴맹을 탈출하려 인터넷 웹 세상의 문을 처음 두드리기 시작했던 것이다. 대학 시절 활동하던 동아리 사이트에서부터 사이먼 앤드 가펑클 동호회까지 방구석 취미 활동에 여념이 없던 중에 어릴 때부터 우상이며 동경의 대상이었던 브루스 리에 대한 열정이 불씨가 되어 피겨를 접하게 되는 계기로 이어졌고, 브루스 리 조형에 대한 불만을 외국 피겨 제작사에 나름대로 어필하기 위해 묵묵히 시작한 작업이 반복되더니 결국 직접 양산에 참여하는 피겨 아티스트의 길을 걷게 되었다.

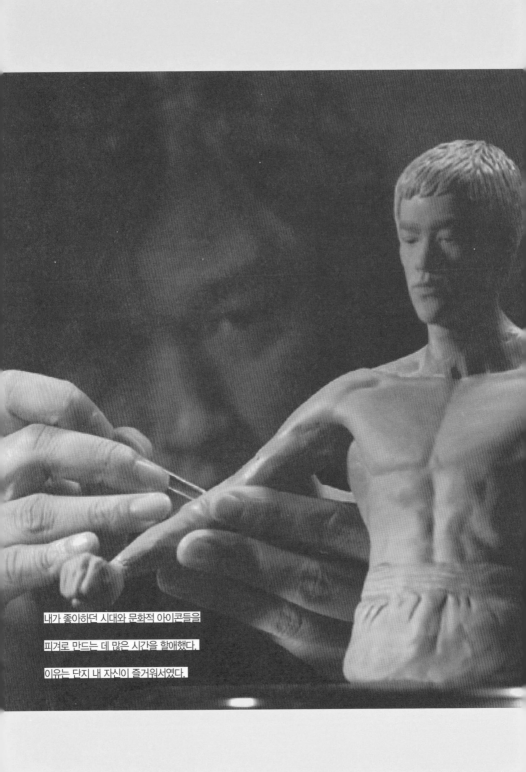

내가 좋아하던 시대와 문화적 아이콘들을

피겨로 만드는 데 많은 시간을 할애했다.

이유는 단지 내 자신이 즐거워서였다.

그 당시 미국의 사이드쇼 제품들도 좋은 품질이었지만 일본 토이즈맥코이에서 나온 인디아나 존스는 액션 피겨라는 장르를 상당히 매력적으로 각인시켜준 제품이었다. 당시로써는 어느 작가의 작품인지 확인도 안 되는 상황이었지만 해리슨 포드를 빼닮은 얼굴에 앙증맞은 의상과 소품은 마니아들을 사로잡기에 충분했다. 그러나 3,000개 한정에 300달러라는 다소 높은 가격에 출시되었고, 그나마 전부 팔린 후에는 프리미엄이 붙은 탓에 구입이 어려운 상황이었다. 후에 이 액션 피겨는 내가 엔터베이라는 곳에서 브루스 리 피겨를 출시할 때의 수량과 가격 책정의 기준으로 삼게 되었다.

가 내 수 공 업 의 시 작

2002년경에도 피겨를 판매하는 국내외 온라인 숍에서 특정 인물들을 재현한 다양하고 흥미로운 피겨를 접할 수 있었는데 그중에서도 다소 조악한 모습을 하고 있는 브루스 리의 모습이 눈에 띄었다.

　　당당히도 적힌 'Bruce Lee'라는 문구가 무색할 정도로 그저 막연하게만 브루스 리를 형상화한 모습은 많은 팬에게 적잖은 실망감을 안겼을 테지만, 당시로써는 비교 대상이 없던 터라 그런 조악한 제품들이 공공연히 거래되었던

터였다.

　피겨 커뮤니티 활동으로 다져지고 연계된 인맥들을 통해 나의 수작업 브루스 리 피겨를 소장하고자 하는 수집가들이 하나둘 늘어나던 시기인 2003년, 마침 브루스 리가 사망한 지 30주기가 되는 해였다.

　홍익대학교 후배가 운영하는 피겨 의상 제작 업체와 협력해서 온전한 패키지의 가치 있는 작업을 해보자는 취지로 브루스 리 추모 기념 30체 한정 피겨를 제작하게 됐다. 방산시장을 누비며 로고가 아로새겨진 박스를 맞추고 인증서도 인쇄하고, 액세서리 부속품들을 찾기 위해 동대문 시장을 뒤지며 헤매고 다녔다.

　그렇게 발품을 팔며 원형을 제작해 레진 복제 업체에 맡겨 외주 작업을 했으며, 12인치 보디를 여러 체 구입하는가 하면 소프비 업체에서 신발을 제작하기도 했다. 마치 현재 피겨 제작사의 대량 생산 시스템과 일맥상통하는 작업 과정이었다. 현재는 제품의 생산이나 유통 등을 제3자에게 위탁하는 아웃소싱이 보편적으로 일반화된 구조이기 때문이다.

　그렇게 하나부터 열까지 수작업으로 완성된 한정 작품들은 공동 구매 개시 불과 몇 분 만에 모두 판매되었고, 서버가 다운되는 등 동호인들에게 많은 관심을 받으며 세 가지 버전까지 시리즈를 이어갔다. 되팔리거나 해외로 빠져나가 복제되는 일을 우려했던 나는 인증서에 소장자의 이니셜을 기입해주었지만 되팔 사람은 반드시 되팔았고, 이베이 등을 통해 프리미엄가로 거래되기도 했다. 우려했던 일이 일어났지만, 오히려 이런 현상으로 인해 어니 킴이라는 이름이 해외 피겨 관련 커뮤니티에 자주 언급되는 현상이 일어났다.

대 량 생 산 의 꿈

2002년경에 나는 아트어사일럼에서 나온 18인치 브루스 리 피겨의 얼굴을 새로 제작해서 이제 막 피겨 커뮤니티에 이름이 알려지기 시작했고, 그래서 라이선스 제작이라는 게 꿈나라 일처럼 멀게만 느껴졌다. 특정 인물을 상품화하려면 기본적으로 당사자나 관계자의 동의를 얻어야 하고 수익에 비례하는 초상권료를 지급해야 하는 것이 관례이며, 그 절차를 밟아야 정상적인 제품을 출시할 수 있는데 이러한 일이 가능하리라고 믿기지 않았던 것이다.

얼마 후 국내 피겨 제작사인 J사 대표님의 소개로 미국에서 작은 피겨 숍을 운영하는 홍콩인인 로빈 곽이라는 사람이 라이선스를 위해 나의 피겨 샘플들을 원한다고 해서 주저 없이 일곱 개의 12인치 샘플들을 보낸 일이 있었다. 세계적인 피겨 아티스트인 에릭 소Eric So처럼 내 작품을 양산화한다는 게 꿈만 같은 일이었기 때문이었고, 내 수제 피겨들을 커뮤니티에서 공동 구매를 하거나 주변에 알음알음해서 판매하는 일에 내심 양심의 가책을 느꼈기 때문이기도 했다.

결과적으로는 J사 대표님도 결국 손을 뗐고 라이선스는 물거품이 됐으며 나의 소중한 샘플들도 모두 잃게 되는 사태에 직면했다. 샘플들은 후에 로빈 곽에 의해 팔리거나 도용되어 조악한 피겨들로 불법 유통되는 최악의 상황에 처하게 되었다. 내게는 당연히 큰 상처가 되었다. 피겨 제작에 대한 회의로 꿈을 저버려야 했던 2005년 여름을 지금도 잊을 수 없다.

그로부터 1개월 뒤, 어느 홍콩 제작사에서 메일이 한 통 왔다. 브루스 리 라이선스를 취득해서 대량 생산을 해보자는 내용이었는데 난 곧바로 단호하게 거부 의사를 밝혔다. 아티스트로서 개인 작업에 몰두하고 싶으며 그 어떤 상업적 양산품에도 조력할 의사가 없음을 분명히 했다. 그러나 그들은 자신들을 한번 믿어보라는 내용의 메일을 또다시 보내왔다. 난 계약서를 가지고 와서 얼굴을 맞대고 얘기하자 했고, 그들은 나흘 뒤에 서울에 도착했다.

전화위복

2005년 10월 5일, 청계천이 복구되던 날이었다.

동대문의 작은 호텔에서 빌 사장을 처음 만났다. 그는 엔터베이라는 브랜드의 피겨 제작사를 창립했으며, 엔터베이가 처음 세상에 내놓을 작품으로 나의 브루스 리 피겨를 제작하겠다고 했다. 내가 만든 작품들을 보고 제작사를 세운 셈이다. 모험심이 강한 건지 무모한 건지 나를 신뢰하는 건지, 아무튼 뜻밖의 만남은 그렇게 이루어졌다. 그는 아무 경험도 비결도 갖고 있지 않은 그야말로 생초짜였지만 브루스 리와 피겨에 대한 열망만큼은 나를 보는 듯 진솔해 보였다.

언젠가 난 빌 사장에게 왜 회사명을 엔터베이Enterbay라고 지었느냐고 물었다. 그의 대답은 의외로 단순했다. 브루스 리의 할리우드 진출 영화인 〈용쟁호투Enter The Dragon〉를 떠올리며 경매 사이트인 이베이ebay를 뒤지다 떠오른 이름이라고 했다. 엉뚱한 그의 발상이 뜬금없었지만 나름 순수하다는 생각이 들었다.

난 그날 한두 시간 동안 내가 만들고 싶은 브루스 리 피겨의 전반적인 구상에 대해 설명했다. 피겨 헤드와 보디의 구조와 재질, 페인팅 방식, 안구를 움직여 시선 처리를 가능케 해보자든가 브루스 리 특유의 자세 이외에 불필요한 관절을 줄여 외형에 충실하게 제작하자는 등의 많은 제안이 거듭됐다(기본 몸체는 아트어사일럼과 메디콤토이의 구조를 바탕으로 보강 설계되었다). 언급된 내용 모두를 보건대 사실은 내가 갖고 싶은 피겨를 만들어달라는 얘기와 다를 바가 없었다. 브루스 리에 대해 열정적이었던 빌은 거의 대부분의 의견을 받아들였고, 그간의 조악함을 뽐내던 브루스 리 관련 피겨에 고급화 바람을 불어넣어보자는 취지에도 동의했다. 우리는 계약서에 서명했다.

그날 난 동대문에서 광교까지 새로 단장된 청계천 길을 걸었다. 주변의 화려한 불빛들이 마치 주마등과도 같았다. 사실 나는 나의 미래에 크게 기대하지 않았다. 또다시 실망스러운 결과가 반복될까 봐 두렵기도 했다.

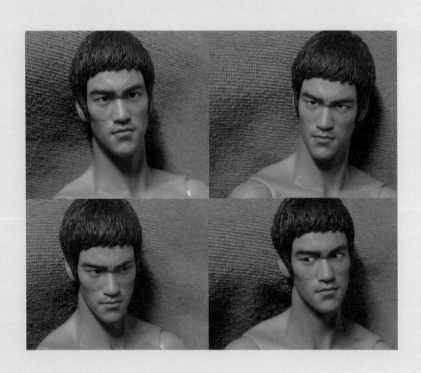

그리고 그로부터 1년 뒤, 브루스 리의 〈사망유희〉 라이선스를 가진 최초의 리얼 마스터피스Real Masterpiece(엔터베이가 표방한 액션 피겨의 장르) 액션 피겨가 세상에 나오게 된다.

브루스 리 피겨를 통해 열정을 발견하다

내가 피겨 아티스트를 자처하며 활동하기 전부터 홍콩에는 아트 피겨를 탄생시킨 마이클 라우Michael Lau를 비롯해서 에릭 소와 같은 반짝이는 아이디어와 센스를 가진 아티스트가 있었다. 특히 에릭 소는 피겨 아트뿐만 아니라 전 분야를 아우르는 팝아트적 감각을 지닌 작가다. 당시 난 에릭 소가 제작한 브루스 리의 프로토타입* 피겨들의 전시 사진을 볼 수 있었는데, 브루스 리가 생전에 즐

대량 생산을 하기 전에 제작해보는 원형을 프로토타입이라고 한다.

겨 입던 스물네 가지의 패션을 주제로 제작한 액션 피겨들은 신선함과 열정이 돋보였다. 자신의 이름을 내건 쇼케이스와 제품을 출시한다는 행위 자체만으로 에릭 소는 내게 큰 부러움의 대상이었으며, 피겨 아트의 열정을 심어준 멘토인 셈이었다. 그 후 2006년 엔터베이의 첫 쇼케이스 박람회였던 홍콩 토이 게임쇼에 소식을 듣고 찾아온 에릭 소와 만나게 되었고 우린 친구가 되었다.

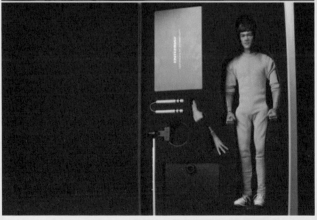

브루스 리의 가족과의 만남

엔터베이와 계약하면서 라이선스를 따내기 위해 나의 12인치 프로토타입 하나를 브루스 리의 부인인 린다 여사와 그의 딸 섀넌에게 보냈다. 물론 검수 후에는 돌려받는 조건이었다. 다행히 바라던 대로 린다 여사와 섀넌이 운영하는 브루스 리 재단과 브루스 리의 초상권이 속해 있던 유니버설 스튜디오를 통해 라이선스가 체결됐고, 우리는 피겨 제작에 더욱 몰두할 수 있게 됐다. 꿈같은 일이 아닐 수 없었다.

우선 시제품을 제작해 '샌디에이고 코믹콘'에 참여하기로 했다. 1970년부터 시작된 샌디에이고 코믹콘은 영화, 애니메이션, 일러스트레이션, 게임, 아트 피겨, 관절이 움직이지 않는 장식용 모델인 스테추를 총망라한 미국 최대의 전시회로 행사 기간 동안 약 40만 명이 찾는다.

엔터베이 사장인 빌은 내가 그간 가내 수공업으로 제작했던 브루스 리 외에 모든 피겨를 샌디에이고 코믹콘에 전시하기를 원했고, 때맞춰 롱비치 컨벤션 센터의 블랙벨트 마샬아츠 페스티벌(매년 열리는 무술인들의 축제로, 브루스 리에게 헌정하는 행사의 의미를 갖기도 한다)에서도 초청 전시가 이뤄졌다. 린다 여사와 섀넌의 배려 덕분이었다. 원래 그들은 워낙 유명 인사다 보니 다가가기 어려운 벽이 존재하며, 더구나 섀넌은 캐릭터 피겨 사업에는 그다지 관심이 없다는 소문을 익히 들었기에 그들과의 만남은 더욱 설레고 의미 있는 일이었다. 코믹콘 기간과의 차이는 불과 2~3일. 마치 하늘이 도와 정해준 일정과도 같았다.

2006년 샌디에이고 코믹콘에서의 반응은 상당히 좋아서 우리를 초대한 미국 배급사에서 엔터베이 쇼케이스를 좋은 자리로 옮겨주었다. 난 그들의 프로그램에 따라 사인회에서 이틀 간 수백 명에게 사인해주기도 했다. 내가 유명해서가 아니라 의례적으로 진행되는 행사이며 그들의 자연스러운 문화였다. 나와 같이 보잘것없는 작가에게도 흔쾌히 줄을 시주는 그들의 여유 있는 의식이 부러웠다.

행사장에서는 간혹 할리우드 유명인들을 볼 수 있었는데 그중에 레이 해리하우젠이 있었다. 그는 〈신밧드의 대모험〉이나 〈공룡 백만년〉과 같은 고전 영화에서 마치 꿈과도 같은 특수 효과를 담당했던 분이다. 스톱 모션* 기술을 사용해 괴수가

요즘 SF영화나 CF 등에서 특수 효과를 구사할 때 쓰이는 기술은 단연 컴퓨터 그래픽, 즉 CG 기술이다. 이 CG 기술이 사용되기 이전, 영상물의 상상력을 충족해주는 기술이 바로 스톱 모션 기술이었다. 스톱 모션은 움직이지 않는 사물을 매번 조금씩 위치를 바꿔가며 촬영한 뒤 이어붙여서 마치 움직이는 듯한 착시 효과를 내는 애니메이션 기법이다. 해리하우젠은 이 스톱 모션 기술을 완성했다는 찬사를 받았다.

나오는 장면을 만들었는데, 이러한 기술이 얼마나 훌륭했던지 애니메이션의 살아 있는 전설이며 액션 피겨의 아버지라 불린다. 이런 굉장한 분을 만나게 되어 긴장한 탓인지 카메라를 들고 머뭇거리자 먼저 촬영에 응해주셨고, 사인을 청하며 내 이름은 어니라고 소개하자 그럼 네 성은 슈워제네거냐며(어니는 영화배우 아널드 슈워제네거의 애칭) 너스레를 떠시던 할아버지이기도 했다.

이름에 대해 잠깐 이야기해보자면 어니라는 이름은 아주 오래전 내가 지은 영문 이름이다. 한글 이름인 형언의 끝자를 풀어 쓴 '어니'를 발음하는 영문을 찾다 영문판 삼돌이와도 같은 이름 Ernie보다는 에이스를 의미하는 철자 A를 택해 지금껏 사용하고 있다.

행사장에서 만난 유명 인사는 레이 해리하우젠뿐만이 아니었다. 코믹콘 행사 종료 후 블랙벨트 마샬아츠 브루스 리 재단 부스 안에서 프로토타입 전시 작업에 한창이던 우리는 꿈에도 그리던 린다 여사와 섀넌 리를 만날 수 있었다. 행사 첫날에만 린다 여사가 방문한다는 소식을 접했던 터

였다. 그들은 수수한 차림으로 우리 앞에 나타났고 나는 선물로 준비해간 프로토타입과 마음을 담아 적은 몇 자의 편지를 함께 내보였다. 그들은 흔쾌히 받아들였고 화기애애한 덕담이 오가며 모두의 시선이 집중되었다.

나의 우상이던 브루스 리의 가족에게 어니 킴이라는 존재를 직접 알리는 계기가 되었고, 그들의 지인들이 한자리에 모인 전시 부스 안에서 브루스 리의 절권도 첫 제자이며 절친한 친구였던 고 테드 웡 선생을 비롯해 브루스 리 삼대 컬렉터로 꼽히는 요리무라, 페리, 제프와도 일면식을 갖는 기회가 됐다. 나는 브루스 리 재단 직원들을 포함해 3일간의 행사 동안 린다 여사, 섀넌과 함께했다.

개 인 전

그간의 작업들을 한데 모아 사람들에게 보여주고 싶다는 생각을 하게 된 데에는 피겨 커뮤니티를 통해 안 대학 후배의 조언이 큰 힘이 되었다. 또 웹상에서의 2D 이미지를 3D로 공개하는 유일한 기회기도 했고, 국내 피겨 작가로는 처음 갖는 갤러리 전시였기에 작은 선례로 남아 후배 작가들에게도 시너지 효과를 일으킬 수 있다는 책임감 또한 큰 힘이었다.

신문 보고 찾아왔다며 가위로 오린 신문 기사를 내게 내

보이시던 연세 지긋하신 분도 계셨고, 팬이라며 손수 만든 과자 선물을 한 아름 들고 찾아와 작품까지 구입해가신 여성 컬렉터분도 잊을 수가 없다.

　전시 기간에 여러 잡지와 신문사의 취재가 이어졌다. 나의 이런저런 얘기들을 귀담아들어주고 충실히 기사로 실어주신 기자분들의 노고에 때로는 가슴이 뭉클하기도 했다. 각 방송 매체에서 인터뷰 요청이 있었고 예능 프로그램에서도 연락이 오곤 했는데 특히 SBS 방송국의 〈생활의 달인〉에서는 여러 차례 출연 요청이 와서 극구 고사한 적이 있었다. 난 그들이 주는 미션을 수행해낼 자신이 없었다. 난 피겨 아티스트이지 달인이 아니지 않은가.

　2007년 4월 서울 종로구 팔판동 갤러리 벨벳에서 열린 개인전은 5월 말 경기도 파주시 헤이리 예술인의 마을 갤러리 이비뎀으로 옮겨져 7월까지 이어졌다. 그리고 개인전이

끝나던 2007년 여름에 난 소니 광고의 모델이 되었다. 디지털 세상에 아날로그적 감성을 지닌 직업을 가진 세 사람이 캐스팅되었는데 어쩐 일인지 내가 모델 송경아 씨, 영화감독 한재림 씨와 함께 캐스팅된 것이다. 지금 생각해도 믿기 어려운 일이 아닐 수 없다.

난 "진짜 이소룡이 되고 싶은 김형언의 피겨"라는 카피와 함께 피겨 아티스트로 소개되었는데, 당초 카피 문구는 피겨 대신 액션 피겨였으나 심의에서 거부당했다고 한다. 액션 피겨라는 단어가 뜻 모를 정체불명의 단어라는 이유에서였다. 결국에는 사전에도 등재되어 있던 액션 피겨라는 단어는 심의 위원들의 무지 속에 사장되고 말았다.

그러한 가운데 피겨figure라는 단어는 워낙 잘 알려진 터라 심의가 통과되었다고 한다. 피겨 스케이팅figure skating 선수 김연아의 위상을 실감하지 않을 수 없었다.

리얼 액션 피겨의 진화와 과도기

론 뮤익Ron Mueck과 같은 극사실주의 조각가의 작품과 마담 투소의 밀랍 인형 축소 모형을 내 방 책상 위나 장식장에 놓을 수는 없는 것일까? 브루스 리를 사랑하는 세상의 수많은 팬은 브루스 리와 쏙 빼닮은 피겨나 스테추 계열의 장식품을 하나쯤은 갖고 싶어 할 것이다.

그렇다. 살아 숨 쉬는 듯한 모습의 모형 피겨를 자신이 보고 싶은 각도에서 카메라에 담는 일이 이제는 보편적인 일상인 세상이 되었다. 2014년⋯⋯ 예전 《소년중앙》 공상과학 만화에서나 나올 법한 연도 아닌가⋯⋯.

2000년 이후부터 디지털카메라의 해상도가 나날이 발전하고 고해상도 디스플레이가 일반화되었듯이 피겨의 디테일 또한 그와 편승하듯 업그레이드되어가고 있다. 내가 처음 브루스 리 피겨를 만들 때에 피부 질감과 여드름 흉터 등을 표현하며 리얼리티를 추구했는데 요즘 핫토이나 엔터베이의 섬세함은 내가 꿈꾸던 마담 투소 축소판에 비견될 만큼 진화하고 있다. 엔터베이의 브루스 리가 각광을 받으면서 액션 피겨 시장의 판도가 바뀌어갔고 그 추세를 따라 각 제작사들의 리얼 피겨 경쟁 도화선에 불이 붙은 것이다. 하지만 극사실주의를 추구하는 방식이 과도기에 접어든 느낌이다. 가령 나무 한 그루를 그리려고 잎사귀와 잎맥의 염색체까지 표현하려다 보면 형태의 중요성을 간과할 수 있다.

극사실주의 피겨를 추구하는 데에 잊어서는 안 되는 사
실이 있다면, 일치율 100퍼센트는 불가능하다는 점과 피부
질감 표현과 머리카락의 세밀함이 우선이 되기보다는 해부
학적 형태의 안정성과 자연스러움을 고려하는 것이 더욱 중
요하다는 점이다. 또한 동일한 모델을 놓고 여러 작가가 조
형하면 각기 다른 시각으로 표현된 결과물들이 나오는데,
이러한 작가의 개성이 담긴 작품은 무척 가치가 있다. **아무리**
섬세하고 빼어난 테크닉의 극사실주의라도 작가 자신의 혼이 실리
지 않는다면 조악함을 벗어나기 어렵다. 리얼 피겨든 캐리커처
타입의 캐릭터 피겨든 표정이나 눈빛 또는 외형적인 이미
지가 매력적으로 다가오는 피겨가 작품성과 상업성에서도
우위를 점하지 않을까 생각하며, 어쩌면 이 점이 전 세계 피
겨 조형 작가들에게 영원한 과제로 남을지도 모를 일이다.

대한민국의 위상과 피겨 산업의 미래

나의 어린 날 속에 한국은 어느 것 하나 내세울 것 없던 초
라한 변방 국가였다. 하지만 세월이 흘러 세상이 급변하면
서 한국의 위상은 인터넷을 타고 세상에 우뚝 섰다. K-Pop
을 비롯한 글로벌화된 한국 문화의 대명사가 한류(개인적으
로는 이 표현을 좋아하지는 않는다)라 일컬어지며 세계인의 정
서를 자극하고 있다. 내가 처음 피겨를 시작하던 2000년 초

에는 상상하기조차 힘든 일들이 벌어지는 가운데 한국의 피
겨 작가들 역시 세계의 중심에서 큰 활약을 펼치며 영향력
을 펼치고 있다.

　이제 우리나라도 토이 문화를 접하는 인식이 바뀌어야
한다. 아직은 키덜트 문화가 장난감 완구나 사 모으는 철없
는 어른들의 작은 세상으로 치부되거나 피겨 아티스트가 장
난감 모형 제작자로 소개되는 것을 비판할 수만은 없는 게
국내 현실이지만, 문화적 특성상 인형을 천하고 상스럽게
여기던 시대에서 벗어나 아트 피겨, 아트 토이가 현대 문화
의 예술 장르로 자연스레 인식되면서 우리 곁에 가까이 존
재하는 시기가 그리 멀지 않았음을 기대해본다.

　캐릭터의 창조와 진화는 계속되며 고갈되지 않는다. 조

형 예술의 순수함 또한 디지털 3D 프린터가 더욱 경이롭게 발전하더라도 사람의 섬세한 감성을 따라잡긴 어려울 것이다.

에릭 소에게 자극받아 내 이름을 걸고 세계를 향해 피겨 제작을 시작한 지 어느덧 9년이 되었다. 1세대에 속하는 피겨 작가들의 작은 움직임들은 어느새 토석이 되어 후배 신진 작가들에게 비옥한 발판이 되는 저변 확대로 이어지고 있다고 생각하며, 그 시너지가 계속되길 바란다. 앞으로는 국내 제작사도 하나둘씩 늘어나고, 대한민국이 세계와 손잡고 평준화된 조건 속에서 선의의 경쟁을 마음껏 펼칠 수 있도록 저력을 갖추길 기대해본다.